Martin Greif

**Hans Sachs**

Dramatisches Gedicht in fünf Aufzügen

Martin Greif

**Hans Sachs**
*Dramatisches Gedicht in fünf Aufzügen*

ISBN/EAN: 9783743677098

Hergestellt in Europa, USA, Kanada, Australien, Japan

Cover: Foto ©Andreas Hilbeck / pixelio.de

Weitere Bücher finden Sie auf **www.hansebooks.com**

# Hans Sachs.

Dramatisches Gedicht in fünf Aufzügen

von

**Fr. Hermann Frey.**

Den Bühnen gegenüber Manuscript.

Augsburg.
J. A. Schlosser's Buch- und Kunsthandlung.
1866.

Druck von Th. J. Pfeiffer in Augsburg.

Herrn

Dr. August Joseph Altenhöfer

in Freundschaft und Verehrung

geweiht

vom Verfasser.

## Personen.

Maximilian I., Kaiser.
Pirkheimer, kaiserlicher Rath.
Albrecht Dürer.
Junker Krebsblut von Wirbelrad.
Gulden, Goldschmied.
Röschen, seine Tochter.
Veit Sachs, Schuster.
Dessen Frau.
Hans Sachs.
Runnenbeck, Wollenweber.
Ricke, seine Nichte.
Martha Schwerdtlein.
Ein Hellebardier.
Ein Geselle Runnenbeck's.

Kaiserliches Gefolge, Bürgersleute, Jünglinge, Mädchen, Brautleute, Musikanten, Pagen, Kinder.

Ort der Handlung: Nürnberg.

Zwischen dem ersten und zweiten Acte liegt ein Zeitraum von drei Jahren.

# Erster Aufzug.

## Erste Scene.

(Hans Sachs in einem niederen Zimmer bei der Lampe sitzend.)

Nichts weiß ich Schön'res auf der Welt,
Als bei der trauten Lampe Schein
Zu dichten in dem Kämmerlein,
Wie es dem Herzen g'rad gefällt.
Wenn draußen böse Winde pfeifen
Und Ziegeln von dem Dache schleifen,
Fühlt man den Frühling drinnen reifen;
Der Sturm wagt's nicht ihn anzugreifen.
Den hat der liebe Gott bedacht,
Den er zu seinem Sänger macht;
Er thut's dem reichsten Mann zuvor,
Der sorglos durch den Garten schreitet
Und sich an seinem Blumenflor
Ein müheloses Geschäft bereitet.
Die Wärme flieht, der Sommer geht,
Und aller Glanz ist ihm verweht.

Doch jenem bleibt der Sommer treu
Und wechselt dennoch immer neu.
Zwar wär' es kein so übel Ding,
Wenn ich statt niedrig und gering
Ein schmuckes Rathsherrnsöhnlein wär';
Ein schöner Stand bei meiner Ehr':
Ich ging da in die Welt hinaus
Und triebe mich nach Lust umher,
Und kehrt' ich einst zurück nach Haus
Dann wär' ich auch allein nicht mehr:
Ich brächte mir was Holdes mit
Nach meiner Art und meinem Schnitt.
Wir lebten wie es uns gefiel
Und frügen nach der Welt nicht viel.
Dabei blieb' ich ein Verseschmied
Und dichtete in Lust mein Lied.
In einem Hause wohlbestellt
Da lebt sich's trefflich auf der Welt.
Doch wozu diese Träumerei?
Das Schicksal kennt nur seinen Willen
Und will uns in des Lebens Einerlei
Nur selten einen Wunsch erfüllen.
Es ist ein Jeder auf der Welt
Auf seinen eig'nen Platz gestellt
Und wie er sich auch sperrt und steift
Ihm doch kein fremder Apfel reift.
D'rum räth uns immer die Vernunft:

Sei klug und bleib bei deiner Zunft.
Die Sänger nur im weiten Land
Die bilden keinen eig'nen Stand;
Sie kommen zusammen und einen sich wohl;
Doch trägt ein Jeder sein Camisol,
Wie's seine Geschäfte mit sich bringen;
Ein Jeder wählt sich seine Kappe,
Den trägt der Schimmel, den der Rappe,
Und doch steh'n sie sich gleich sobald sie singen.

Horch draußen bläst der Wächter schon!
Er wird, wenn er mein Licht gesehen,
Zu meinem Vater morgen gehen
Und sagen voller Spott und Hohn:
Ich neide Euch Herr Meister Veit,
Das Söhnlein wird noch zu gescheidt.
Es hat heut Nacht noch spät studirt;
Will sehen, was aus dem noch wird.
Da fängt er wiederum mir an
Zu wackeln an dem wunden Zahn.
Doch eh' ich mich dem Herrn empfehle,
Will ich mein neu'stes Lied betrachten
Und mit dem theuersten Juwele
Auf einem Kissen übernachten.
Die Dichter wie die Mütter sind;
Sie herzen am meisten das jüngste Kind.

(Er liest, wobei er die Melodie auf der Cither anschlägt.)

Warum betrübst du dich mein Herz,
Bekümmerst dich und trageſt Schmerz
Nur um das zeitlich Gut? —
Vertraue deinem Herren Gott,
Der alle Ding' erſchaffen hat.

Er kann und will dich verlaſſen nicht,
Er weiß auch wohl, was dir gebricht
Himmel und Erd' iſt ſein;
Mein Vater und mein Herre Gott,
Der mir beiſteht in aller Noth.

Weil du mein Gott und Vater biſt,
Dein Kind wirſt du verlaſſen nicht;
Du väterliches Herz!
Nimm du mich auf in deinen Schooß;
Auf Erden hab' ich keinen Troſt.

**Veit Sachs** (der bei den letzten Worten eingetreten.)
Da ſchau den tollen Reimer an!
Wenn And're ſchlafen fängt er an zu denken;
Am Tage führt er ſeinen Schlendrian,
Um ſich bei Nacht in Poſſen zu verſenken.
Du wirſt dir nie die glatte Hand verrenken,
So wenig als der Abt von Emmeran.
Da klagt man über Noth und bitt're Zeiten
Und reicher Leute läſterlich Verthun,
Man ſchimpft, wenn Reiche reiches Mahl bereiten,
Und bringt auf ſeinen eig'nen Tiſch das Huhn.

Als könnte Oel man aus der Pegnitz holen,
Als hätte Sachs sein theures Holz gestohlen.
Ja, wer die Hände hat voll Schwielen,
Der mag am Werktag nicht die Zither spielen,
Der legt bei Zeiten sich in's Bett
Und geht des Morgens frisch an's Brett.
Schau nur die anderen Gesellen an,
Die ihre Arbeit nach Gebühr gethan!
Du aber statt als Muster ihnen
Und mir als rechte Hand zu dienen,
Denkst mehr an Pergament und Feder,
Als an dein Pech und an dein Leder.
Die nächtlich spielen, Verse schreiben,
Am Tage sich die Augen reiben.

### Hans Sachs.

Ich weiß es wohl, Ihr könnt's nicht leiden;
Doch kann ich's Dichten nimmer meiden.
Es liegt so viel im Herzen drinn,
Es steckt so viel mir in dem Sinn,
Daß ich es nicht verschließen kann.
Im Gegentheile, Jedermann,
Was ich ersonnen, vorzusagen,
Das wäre so mein recht Behagen.
Es ist, wie's mit den Blumen steht,
Wenn ihre ersten Spuren keimen;
Der Stock nur mit dem Keim vergeht —
So ist es mit dem Dichten und dem Reimen.

### Veit Sachs.
Ist lauter schöner Firlefanz —
Nicht jeder Tag spielt auf zum Tanz.
Es kann's nicht Jeder auf der Welt
So haben, wie's grad' ihm gefällt.
Dem Ritter, dem Fräulein, dem Handwerksmann,
Einem Jeden steht etwas Anderes an.

### Hans Sachs.
Und wie dem Vogel sein Gefieder,
So auch dem Sänger seine Lieder.

### Veit Sachs.
Vom Singen wird kein Vogel fett.

### Hans Sachs.
Und dennoch singt er früh' und spät.

### Veit Sachs.
Ich glaube gar, du willst mich lehren,
Wie's mit der Welt und mit dem Leben ist.
Nur der vermag sein Brod zu ehren,
Der es an fremden Tischen ißt.

### Hans Sachs.
Doch besser hartes Brod als harte Worte.

### Veit Sachs.
Erwirb dir eigenes, dann kannst du's backen,
Wie's dir behagt.

### Hans Sachs.

An sonn'gem Orte
Will ich recht gerne harte Krusten knacken.

### Veit Sachs.

Hör' einer diese Milchhaut an!
Hat noch kein fremd Geläut' vernommen
Und spricht als wie ein Stiftscaplan,
Der bis nach Rom hinabgekommen.
Das kommt von diesem ew'gen Reimen.
Sie glauben, weil sich Klang zu Klang gesellt,
Es ging' geradeso auch in der Welt,
Und Alles sei zu kitten und zu leimen.

### Hans Sachs.

Doch lieber Durst und Hunger leiden,
Als je der Seele Speise meiden.

### Veit Sachs.

Wer sich in meinem Haus läßt blicken,
Der muß in seine Art sich schicken.

### Hans Sachs.

Da jagt mich lieber gleich von bannen;
Schon Viele fern ihr Brod gewannen.

### Veit Sachs.

Hinaus! Ich habe keinen Strolch zu mästen.

#### Hans Sachs.
Der Himmel hat gar viele Mündel;
Wohlan ich zähle mich zu seinen Gästen
Und schnüre ohne Aufschub meinen Bündel.
(Hansens Mutter tritt auf.)

#### Mutter.
Was gibt es mitten in der Nacht?
Die Nachbarn werden sich beschweren;
Man muß die fremde Ruhe ehren.

#### Veit Sachs.
Ich will den Burschen Ordnung lehren.

#### Mutter.
So sei doch nicht so aufgebracht.

#### Veit Sachs.
Ja hilf ihm nur; er merkt es sich genau.

#### Hans Sachs.
Beschlossen ist's; ich wander in die Frembe.

#### Veit Sachs.
Die Arbeit macht geschickt, die Trägheit schlau.

#### Hans Sachs.
Man fühlt am wohlsten sich im eig'nen Hembe.

#### Mutter.
O Hans gib nach! Hans ohne Segen
Verdorrt das Gras auf deinen Wegen.

#### Veit Sachs.

Den will ich für wen Bessern sparen;
Der Deine mag vor Unglück ihn bewahren. (Ab.)

#### Mutter.

Es bringt mich in das Grab.

#### Hans Sachs.

Hervor mein trauter Wanderstab!
Und dann hinaus in alle Ferne.
Wir wandern ruh'los wie der Wind,
Und wenn auch fremd die Leute sind,
Am Himmel steh'n die alten Sterne. —
Ich singe laut mein frohes Lied
In Wald und Feld, am Strom und Ried;
Und wenn mich auch kein Mensch versteht,
Natur es doch zu Herzen geht. —
Und, was ich in die Welt verstreut.
Mein Auge mir verschönert beut.
D'rum senk' ich in den nächsten Fluß
Den Unmuth und den Ueberdruß,
Versenk' ich in den nächsten See
All' meine Noth und all' mein Weh'.
(Will ab.)
Ach sieh' da ist die Mutter noch!

#### Mutter.

O lieber Hans, o bleibe doch!

#### Hans Sachs.

Ich kann nicht mehr. — Jetzt reis' ich in die Welt
Und laß mich führen, wie es Gott gefällt.
Leb' wohl lieb Mütterlein und bleib' mir gut,
Daß deine Liebe mich auch in der Weite
Wie in der Heimath schützend stets geleite;
Hab' ich doch immer sanft in ihr geruht. —
Ich will den Abschied nicht erschweren,
Dir nicht die Traurigkeit vermehren,
Obwohl das Herz mir brechen möcht'.
Leb' wohl, bis wir uns wiederseh'n.
(Rasch ab.)

#### Mutter.

O Hans halt an, du sollst nicht geh'n
O bleib' bei uns! Es war nicht recht
Vom Vater, daß er dich verstieß;
Gewiß er hat es schon bereut. — —
Er ist dahin! und ich vergeud' die Zeit,
Indeß er längst das Haus verließ.
Ich muß sogleich zu Veit, es darf nicht sein;
Wir holen vor dem Thore noch ihn ein.

## Zweite Scene.

Vor Nunnenbecks Hause. (Morgen.)

#### Hans Sachs.

Dem Alten muß ich Abschied sagen;
Er hat in gut' und bösen Tagen

Mir Rath und Beistand stets verlieh'n;
Ich darf nicht stumm vorüberzieh'n.
Es wäre Undank, wenn ich ihn vergäße,
Doch horch! die Glocke läutet schon zur Messe.

### Nunnenbeck (tritt aus dem Hause).

Ein schöner Morgen für die Jahreszeit;
Das Herz wird einem wieder weit — —
Ei Hans! du willst gewiß zu mir.
Was ist gescheh'n, was ist's mit dir?

### Hans Sachs.

Ich ziehe fort in Gottes Herrlichkeit;
Mein Vater hat vom Hause mich vertrieben.
Es ist mir Gott nur und sein Schutz geblieben.
O Vater Nunnenbeck, Ihr seid mein Hort
Von früher Kindheit an gewesen,
O gebt mir Rath mit in die Fremde fort;
Ich kann nicht ohne Euren Schutz genesen.
Mein eig'nes Denken wird mir wenig frommen.

### Nunnenbeck.

Ich hab's geahnt und also ist's gekommen.
Ich bin an deinem Schicksal selber schuld,
Weil ich dein Sinnen nahm in meine Huld.
Doch ist es auch am Ende also gut.
Verliere nur im Leben nie den Muth!

Wir sehen kaum die nächsten Folgen ein:
Der weit're Faden liegt in Seiner Hand;
Die Welt ist weit und reich ist jedes Land
Und überall ist's gut und schlimm zu sein.
Auch deiner Gabe wird die Reise taugen.
Du siehst da fremdes Land, siehst fremde Augen
Und wie die Leute allerorten leben
Und wie sie wirken, wie sie streben;
Ein off'nes Auge sieht so Mancherlei;
Und wer nicht dienen lernte wird nicht frei.
Jetzt sollst du nach der Kirche mich geleiten;
Es gibt im Leben keine Kunst,
Dazu nicht nöthig Gottes Gunst;
Und Prüfung drängt von allen Seiten.

(Hans und Nunnenbeck ab).

(Hansens Mutter tritt auf).

### Mutter.

O Gott er ist am Ende schon hinaus
Und bettelt sich von Haus zu Haus
Auf seine Eltern fluchend hin.
O hilf du milde Helferin!
O Mutter Gottes voll der Gnaden
Beschirm' ihn doch auf seinen Pfaden!
Ich muß ihm nach, bis ich ihn finde.
O führ' mich Herr zu meinem Kinde! (Ab.)

## Dritte Scene.

Lorenzodom. Orgelklang und Chorgesang.
(Hans und Nunnenbeck.)

### Chor.

Vater schirme uns're Wege
Auf des Lebens Pilgerfahrt;
Rauh und steil sind seine Stege,
Ohne dich die Reise hart.

Lenke Vater un'sre Schritte
Durch das dunkle Leben hin
Und Maria deine Bitte
Eine uns o Helferin.

Leuchte unserm dunklen Pfade
Vater gnädig ist dein Licht;
Ohne deine milde Gnade
Finden wir den rechten nicht.

Schenke Licht und schenke Regen,
Wie es eben Allen noth;
Ohne deinen Vatersegen
Bleibt des Menschen Wille todt.

### Hans Sachs.

Mir bringt das Lied in's tiefste Herz
Und weckt mir Pein und macht mir Schmerz.

### Nunnenbeck.

Du siehst wie stets der rechte Sang
Zur rechten Zeit zum Herzen drang.

### Hans Sachs.

O Gott! mein Vater trieb mich aus!
Ich irre haltlos in die Welt hinaus.

### Chor.

Vater schirme unf're Wege
Auf des Lebens Pilgerfahrt;
Rauh und steil sind seine Stege,
Ohne dich die Reise hart.

(Hans und Nunnenbeck ab.)

## Vierte Scene.

(Am Thore. Im Vordergrunde ein Haus mit Erker).

### Mutter.

O lieber Mann, o sagt mir doch,
Wer ging heut' morgen da hinaus.

### Thorkrämer.

Ei meint Ihr denn, das weiß ich noch,
Das geht beständig ein und aus.

### Mutter.

Ach saht Ihr keinen jungen Mann?
O sagt mir, ging er aus und wann?

#### Thorkrämer.

Es gingen aus schon viele Leut'
Zu Fuß und Wagen jung und alt.

#### Mutter.

Und machte keiner kurzen Halt,
Wie Jemand, den das Gehen reut;
Mit blauem Aug' und Haar wie Flachs,
Er nennt sich Hans und schreibt sich Sachs.
(Hans und Nunnenbeck treten auf; Röschen erscheint im Erkerfenster und zieht den Vorhang zurück).

#### Hans Sachs.

Was dort der weiße Vorhang weht

#### Nunnenbeck.

Ein Mädchen schmuck dahinter steht.

#### Hans Sachs.

Der Vorhang weht wohl hin und her,
So schwankt mein Herz und macht mir schwer.

#### Nunnenbeck.

Da steht die Mutter ja!

#### Hans Sachs.

   Ach Mütterlein!

#### Mutter.

O lieber Hans, du bleibst jetzt mein.

### Nunnenbeck.

Nein, laßt ihn nur! Mit Gottes Schutz
Gelingen ihm gewiß die Reisen;
Sein Herz ist ihm ein Schirm und Trutz,
Und wird ihm seine Wege weisen.

### Mutter.

Der Vater war zu hart, er sieht es ein.
Willst du denn nimmer bei uns sein?

### Hans Sachs.

O Mutter, führe mich zu ihm zurück;
Denn ohne Vatersegen gibt's kein Glück.
(Hans, Mutter, Nunnenbeck ab.)

### Röschen (im Erker.)

Wie drang sein Blick in's Herz mir ein,
Ich möcht' ihm immer nahe sein,
Mich ewig seiner Liebe freu'n.
(Pause.)
Doch ist's nicht sündhaft so zu denken?
Was hat mir denn den Sinn bethört,
Daß ich mein Herz dem nächsten Mann will schenken,
Den ich doch kaum geseh'n und nie gehört —
Und dennoch klingt's mir wie ein altes Lied,
Das Blut so heiß durch meine Adern glüht,
Ein süßer Schauer mir die Brust durchzieht. (Ab.)

## Fünfte Scene.

Stube in Sachsens Hause.

**Veit Sachs** (im Lehnstuhl; Kinder umstehen ihn.)

So lang sie so um einen sind
Denkt man sich, laß sie weiter laufen;
Doch ist nur eines weg vom Haufen,
Da merkt man erst wie lieb das Eine Kind —
Sie wird ihn doch noch recht erwischen;
Ich weiß wie's schmeckt an fremden Tischen,
Sie können nichts als mäckeln und trotzen
Bis sie in fremde Augen glotzen.
Ich hab' das Alles gut erfahren
Auf meinen langen Wanderjahren —
Zuletzt ist es das beste Mittel,
Ich laufe selber vor das Thor;
Geh' Agnes, hol' mir meinen Kittel,
Ich komme leicht der Mutter vor.

(Mutter kommt.)

Um Gotteswillen, hast du ihn gefunden?
Ich hätte keine guten Stunden,
So ohne Geld verjagt, verflucht,
Hast du auch überall gesucht?

**Mutter.**

Sei ruhig, Veit; da kommt er schon.
(Runnenbeck und Hans treten auf.)

#### Nunnenbeck.

Da bring' ich wieder Euern Sohn;
Er hat sich so hinweggestohlen,
Er muß sich erst den Segen holen.

#### Veit Sachs.

Ach Hans, 's ist wahr; bein starrer Kopf.

#### Nunnenbeck.

Was kann für saure Milch der Topf?

#### Mutter.

Er hat es selber eingesehen
Und bleibt jetzt wieder bei uns da.

#### Nunnenbeck.

Ich rath' Euch sehr, ihr laßt ihn gehen,
Wie's Euch einst selber auch geschah.
Wer nur in einer Stadt gelebt,
An dem so mancher Mangel klebt.
Es sind die Zeiten lang vorüber,
Wo Alles steif und abgeschlossen,
Wo man die Welt in seiner Stadt genossen,
Wo's Wissen wurde mit der Ferne trüber.
Jetzt hat man eine anb're Meinung,
Man schaut zum Grunde der Erscheinung,
Und was auch Berg' und Meere trennen,
Die Menschen lernen es erkennen.

Ei, schaut nur Behaims Globus an;
Er folgt getreu der Erde Bahn,
Und selbst in ferner Meere Graus
Da fühlt er noch das Land heraus.
Wie lang ist's her ward eins entdeckt,
Das mitten in dem Meere steckt.
Ihr wißt, man nennt's Amerika,
Columbus heißt, der es ersah.
Wer gilt noch heut zu Tage was,
Der sich nicht frisch herum mag treiben?
Ja, hätten Füße Bäum' und Gras,
Sie würden keine Stunde bleiben.
Das ist einmal der Dinge Lauf,
Es kommt stets Neues, Beß'res auf.
Seht nur in uns'rer Stadt umher,
Die Herren reisen immer mehr;
Die Erde wächst, die Stadt wird enger,
Weil Jeder, der zurückgekehrt,
Sein Wissen und sein Zeug vermehrt
Und nun die Heimath richtet strenger.
Und Hans mit seinen richt'gen Sinnen
Der wird gar manchen Schatz gewinnen,
Der sieht sich aus der Welt gar viel heraus,
Und merkt es sich mit sicherem Gedächtniß;
Und kommt er einst zurück nach Haus,
So wird es allen Bürgern zum Vermächtniß.

Wer hätt's vom Decker gleich gedacht,
Daß der noch solche Sachen macht?
Und so gibt es genug Exempel;
Nicht auf der Stirne sitzt der Stempel;
Der ist oft tief in's Herz versteckt,
Und meist ein Zufall ihn entdeckt.
Ich hab' es euch noch nicht erklärt
Und auch noch nicht dem Jungen selber,
Sein Korn wird jede Stunde gelber,
Und was ich ahnte, find' ich jetzt bewährt.
Der wird Euch eine schöne Stütze,
Die Euch zu manchem Werk noch nütze. —
Hinaus mein Hans in's freie Leben!
Du mußt aus eig'ner Kraft dich heben.

### Veit Sachs.

Ihr sprecht fürwahr so fein und witzig,
Daß ich es kaum begreifen kann.

### Mutter.

Er ist halt immer gleich so hitzig,
Ihr seid ein ruhiger, strenger Mann.

### Hans Sachs.

O laßt mich in die weite Welt,
Mich drücken diese engen Gassen.

### Nunnenbeck.

Er hat sein Glück auf Gott gestellt,
Er wird ihn nimmermehr verlassen.

#### Mutter.
Es ist so hart, wenn Kinder gehen,
Man weiß nicht, kommt's zum Wiedersehen.
#### Veit Sachs.
Der Nunnenbeck ist mir genug,
Er hat's mir aus der Seel' genommen;
Bin auch in fremdes Land gekommen
Und so erlebt' ich's Zug für Zug.
Hat mir mein Lebtag wohlgethan,
Und Jeder sieht es Einem an.
Jetzt Kinder und Gesellen bei,
Damit der Abschied festlich sei.
(Mutter ab.)
Ja, Nunnenbeck, Ihr habt's getroffen,
Die Welt steht allen Menschen offen.
(Gesellen kommen in Schurzfellen; die Kinder umdrängen Hansen; Mutter kommt weinend.)

#### Nunnenbeck.
Der Handwerksmann im Werktagsstaate,
So ist er in dem Festornate.
#### Veit Sachs.
Jetzt Alle her in einen Kreis!
Bei mir im Hause wird nicht leis,
Wird Alles frank und frei verhandelt,
Weil Alles off'ne Wege wandelt.
Versprich mir, Hans, was ich dir sage,
Und gut ergeht's dir alle Tage:
Vertrau' auf ihn in jeder Lage,

Nimm Alles wie's dir eben kommt
Und thue nur, was Allen frommt.
Der Herrgott hat so manchen Tag,
Wo er uns g'rab nicht herzen mag;
D'rum denke, stellt Gewölk sich ein,
Auf Regen folgt der Sonnenschein.
Vor Allem werb' ein Handwerksmann,
Der sich mit Jedem messen kann.
Nur frisch hinweg von deiner Lunge,
Was eben dir im Herzen liegt;
Ist dein Gemüth und Geist gewiegt,
Dann ist gewiegt auch deine Zunge.
Schau überall dich frisch herum,
Doch bleibe mir im Herzen frumm
Und blick die Menschen offen an,
(gerührt)
S'ist viel mit einem Blick gethan.
(umarmt Hansen)
Ich möchte dich so gern behalten,
Doch lassen wir den Herren walten,
Er füg' hinzu noch seinen Segen
Und leite dich auf allen Wegen.

Hans Sachs.

Ich nehm' Euch alle hier zu Zeugen.
Ihm sei geweiht mein ganzes Leben,
Ich will mich dankbar vor ihm beugen,
Er mag mir Trübsal oder Freude geben.

**Veit Sachs.**

Sei ruhig, Mutter, weine nit!
Der Herr bewacht schon seine Schritt.
Da nimm' ihn nochmal in den Arm,
Drück' ihn an dich und hals' ihn warm;
Wir wollen's Herz ihm nicht erschweren
Und Gottes weise Fügung ehren.
Gesellen! habt es jetzt gesehen,
Könnt wieder an die Arbeit gehen.

# Zweiter Aufzug.

## Erste Scene.

(Zimmer in Dürer's Haus; Dürer malend vor der Staffelei sitzend. Röschen vor ihm.)

**Dürer.**

So trüb mein Kind?

**Röschen.**

Ich sinne nur —

**Dürer.**

Der Blick entschleiert all' dein Sinnen.

**Röschen.**

Ich denk' nur an die grüne Flur.

**Dürer.**

Aus deinen Augen Thränen rinnen,
Ich kann nicht weiterfahren.

**Röschen.**

Laßt doch sehen!

#### Dürer.

Es fängt das Bild erst an zu tagen,
Noch rauh die Striche durcheinander gehen.

#### Röschen.

Das bin ich nicht, ich würd's nicht wagen
So seelenvoll die Blicke aufzuschlagen,
Und so zu lächeln mit dem Mund.

#### Dürer.

Ja freilich bin ich nicht zum Ziel gekommen
Und all' die Schönheit mach' ich niemals kund.

#### Röschen.

Mir scheint, Ihr habt dem Aug' zu viel entnommen,
Zu viel hinzugethan von Euerm eig'nen Sinn,
Ich doch ein arm und schüchtern Kind nur bin. —
Auch sagt man ja, die großen Maler legen
In ihre Bilder ihrer Seele Gluth,
Und wenn uns dann die Farben tief bewegen,
So ist's ihr Geist, der uns bewegen thut.
So meint' ich hier, Ihr hättet mehr ersonnen
Und kunstgewandt hinzugefügt.

#### Dürer.

Wohl ist noch Manches Aug' und Hand entronnen,
Und deßhalb möglich, daß das Bildniß lügt. —

Es kann die Hand von den Gestalten,
Wie sie in uns'rer Seele leben
Und glänzend auf- und niederschweben,
Ein ärmlich' Abbild nur entfalten.
Gewöhnlich die Natur in Viel verstreut
Der Schönheit reiche Fülle beut.
Wir müssen sie zusammenfinden,
Aus lockern Blumen Kränze winden. —
Hier ist der ganze Schatz gespendet,
Hier ist der Schönheit Sieg vollendet,
Und wie wir auch die Flügel heben,
Wir bleiben doch am Boden kleben.

### Röschen.

Wenn jede Seele wunderbar,
Um wie viel mehr sind es die Künstlerseelen.
Sie künden Allen laut und klar,
Wozu uns Bild und Worte fehlen.

### Dürer.

Du scheinst die Dichter auch zu lieben.

### Röschen.

Die Sänger lieb' ich allzumal;
So oft mein Herz in Noth und Qual,
Hat's mich zu ihnen hingetrieben.

### Dürer.

Auch ich bin ihnen treu geblieben
Und zähle sie zu meiner Wahl. —

Was hast du Weit'res auszusetzen?
Dein Tadel wird die Seele letzen.

### Röschen.
Das Bild ist trüb und ich bin froh.

### Dürer.
Mein Kind, es ist nicht immer so.

### Röschen.
Ja dann und wann, da wird mir's eng,
Die Leute nennen's ernst und streng.

### Dürer.
O könnt' ich dich in solcher Stunde
Erfassen in dem tiefsten Grunde,
Auf mein Papier herübertragen!
Ich würd' es mit der Zeit noch wagen,
Die höchsten Töne anzuschlagen.

### Röschen.
Und wär' mir Eure Kunst zu eigen,
So wollt' ich Euch ein Bildniß zeigen,
Wie es mir stets vor Augen schwebt,
Ihr würdet selbst davor Euch neigen.

### Dürer.
Das Urbild wohl auf Erden lebt;
Doch wie dein Herz so ängstlich bebt.

### Röschen.

Ach Gott, mir wird so sonderbar.

### Dürer.

Jetzt wird mir deine Tiefe klar.

### Röschen.

Mir geht's im Herzen auf und nieder —
Herr Meister, morgen komm' ich wieder. (Ab.)

### Dürer.

Die Schönheit, die sich selbst verborgen,
Ist mild wie Sonnenlicht am Morgen.
(Pirkheimer tritt auf.)
Gegrüßt mit Gott, wie ist es dir ergangen?

### Pirkheimer.

Die Reise ist nach Wunsch verrichtet;
Ich wurde freundlich überall empfangen,
Und alle Zwistigkeiten sind geschlichtet.
Doch Gruß vor Allem läßt dir Cöln entbieten,
Antwerpen, Mecheln auch nicht minder,
Wie einen Vater seine Kinder
So alle dich zu grüßen riethen.
In allen Städten wird von dir gesprochen,
Dein Name lebt in Aller Mund,
In allen Ländern in der Rund'
Hat deine Kunst sich Bahn gebrochen. —

Ein neidenswerthes Schicksal, Dürer!
Der Leitstern einer Welt zu sein.
Der größten Geister großer Führer,
Und Alles nur durch sich allein.

### Dürer.

So lange wir im Dunkeln streben,
Gewährt der Ruhm uns große Lust;
Doch später kann uns nur erheben
Die Ruh' in der zufrieb'nen Brust.
Das Bild, das wir im Herzen tragen,
Erreichen wir im Bilde nie.
Was auch die Andern alle sagen,
Es fehlt die wahre Harmonie.

### Pirkheimer.

Wenn du dir nicht das Lob willst gönnen,
Wen soll die Anerkennung freuen?

### Dürer.

Die Alles wissen, Alles können
Und nichts verbessern, nichts bereuen.

### Pirkheimer.

So geht es stets, der wird verdrossen,
Dem sich die Tiefe hat erschlossen.
Ihr Meister seid dem Himmel zu vergleichen,
Der sich mit Wolken grau verhängt,
Wenn seine Gluthen uns erreichen,
Und Strahl um Strahl zur Erde drängt.

#### Dürer.

Beim Sonnenbrand welkt auch die Blüthe,
Und Gluthen sengen im Gemüthe.

#### Pirkheimer.

Nur der vermag dich zu verstehen,
Dem Flammen in dem Herzen wehen.

#### Dürer.

Man wird nach jenen Früchten greifen,
Die in der nächsten Zone reifen.
Doch du gehörst zu den Talenten,
Die heimisch sind in allen Elementen;
Weßhalb ich deinen Umgang immer suche
Und das Gewöhnliche dabei verfluche.
Wenn wir so miteinander leben,
Die Saiten in den Herzen beben,
Wir sind zwei Bände nur in Einem Buche.

#### Pirkheimer.

Ein Dichter ward in dir geboren,
Und mit dem Maler geht er nicht verloren.

#### Dürer.

Die Dichtkunst wird von mir bewundert;
Doch dicht' ich nur wie Viele Hundert.

#### Pirkheimer.

In Allem kann man sich nicht zeigen
Und Größe ist's vor Großem sich zu neigen.

#### Dürer.

Ich wünschte einen Dichter uns'rer Stadt,
Die viel des Trefflichen geboren hat.

#### Pirkheimer.

Du kennst Hans Sachs?

#### Dürer.

     Wenn der sich hebt,
In aller Zeit sein Name lebt.
Ich kenne nur des Mannes Keim;
Er wirkte stille und geheim.

#### Pirkheimer.

Wie sollte der noch untergehen?

#### Dürer.

Gar viele Stürme durch das Leben wehen.

#### Pirkheimer.

Er ist den heftigsten entronnen
Und hat schon festen Halt gewonnen.

#### Dürer.

So mögen weiter blühen seine Lieder,
Darin so tiefer Sinn und Inhalt ruht.

#### Pirkheimer.

Ich sah zu Cöln den Nüremberger wieder,
Ich sah ihn frisch und wohlgemuth;

Er saß auf seinem Meisterstuhle
Und leitete die Sängerschule.
Es wandelt ruh'los sein Gesang
In Melodie und Worten
Das deutsche Volk entlang,
Sein Lied ist heimisch allerorten.
Und da der Kaiser selber eben
Nach Nürnberg zieht, so denk' ich schon
Es wird Gelegenheit sich geben,
Zu rühmen Nürnberg's großen Sohn.
Drei Jahre, daß er fortgezogen;
Er hat die Meinung nicht betrogen,
Die Nunnenbeck von ihm gepflogen —
Doch sage mir, wen stellt das vor?
Es ist ein lieblich Frauenbild,
Und drüber hängt der Schwermuth Flor,
Doch ist er wie das Ganze mild.
Da haben Tag und Dämmerung
Sich frieblich eine Zeit erwählt;
Man sieht, das Kind ist frisch und jung
Und doch von Traurigkeit gequält.

### Dürer.

Das Bild hat der Natur noch viel zu schulden;
Du kennst sie doch; 's ist Röschen Gulden.
Ihr scheint ein langes fernes Sehnen
Das Herz zu pressen und zu dehnen —

Komm Willibald zur Burg mich jetzt begleite;
Ich sehne mich nach einem Blick in's Weite.

### Pirkheimer.

Was ist die schnelle aufgeschossen.

### Dürer.

Man achtet nicht, wie sich's erschlossen,
Man staunt nur, wenn es aufgesprossen.
(Beide ab.)

## Zweite Scene.

(Auf dem Marktplatz.)

### Hans Sachs.

Mir ist mein Herz so froh bewegt,
Da sich vor meinem Blicke regt,
Was mir nur noch Erinnerung.
Wohl zwischen Sein und Angedenken
Ist noch ein himmelweiter Sprung,
Ob gerne wir gleich uns zurückversenken;
Und manche Bilder bleiben ewig jung.
Die Jugendzeit mit ihrer Wonne,
Mit ihren Sternen, ihrer Sonne,
Mit ihren Brunnen, ihren Bäumen,
Mit ihren Spielen, ihren Träumen,

Sie naht sich mir jetzt überall.
    (Man hört von ferne Musik.)
Gleich wie der fernen Töne Schall,
Die nah' und immer näher bringen
Und mir das wunde Herz bezwingen.
   (Man sieht festlich gekleidete Mädchen.)
Wie Bilder schöner Jugendbleiben
In Floren, die sie schneeig kleiden
Steh'n sie, die einst Vertrauten hie
Und singen zarte Melodie.
O zeigt euch mir in vollem Schimmer!
Den Ernst vertreten diese alten Mauern,
Die Schwermuth ferner Glocken Trauern;
Die alte Lust, sie kehret nimmer.
Doch horch, die Töne stärker schallen,
Die schlanken Mädchen näher wallen.
Sie singen ein bekanntes Lied,
Wie schnell die Jugendzeit entflieht,
Und daß man schnell und leicht genieße,
Was schnell und leicht vorüber fließe.
(Stadtmusikanten, Mädchen, Jünglinge, Hochzeitspaar, Aeltern,
    Zuschauer.)

    Jünglinge (singend).

Das Leben will so schnelle
Mit uns vorüber zieh'n.
Der Jugend gold'ne Welle
Sie flieht so leicht dahin.

#### Mädchen.

Der Sommer ist gekommen
In seinem grünen Kleid
Und hat von uns genommen
Das lange Winterleid.

#### Jünglinge.

Er wird gar bald verblühen,
Wie Alles schnell vergeht.
Drum laßt die Jugend glühen,
Bevor sie noch verweht.

#### Mädchen.

D'rum leiten wir zum Tanze
Ein neuverbunden Paar.
Es schmücke mit dem Kranze
Sich bald ein neues Haar.

#### Jünglinge.

Das Leben will so schnelle
Mit uns vorüberzieh'n.
Der Jugend gold'ne Welle
Sie flieht so leicht dahin.

#### Ein Bürger.

Ihr seid wohl kürzlich zugereist?

#### Hans Sachs.

Es ist noch keine halbe Stunde.

#### Bürger.

Ein jeder Fremde Nürnberg preist;
Es geht sein Lob von Aller Munde.
Sie rühmen uns're Kunst zumeist,
Die sich in allen Ländern in der Runde
Als trefflichste weitaus erweist.

#### Hans Sachs.

Auch scheinen viele Fremde hier zu sein;
Ihr habt ein gar bewegtes Leben.

#### Bürger.

Das macht des Kaisers Wille eben;
Er lockt herbei, was reich und fein.
Demnächst, wenn er zurück wird sein,
Soll's herrliche Turniere geben.

#### Hans Sachs.

Er hat in Nüremberg sich auch
Wie in der Heimath wohlgefühlt.

#### Bürger.

Den Regensburgern hat nach seinem Brauch
Er neulich erst den Uebermuth gekühlt.

#### Hans Sachs.

Wie steht es in der Stadt?

**Bürger.**

Ihr stellet Fragen,
Als wär' Euch Nüremberg bekannt;
Wollt Ihr vielleicht mir Euren Namen sagen;
Er wird nicht weiter mehr genannt.

**Hans Sachs.**

Den kann ich Euch recht gerne sagen,
Hans Sachs.

**Bürger.**

Hans Sachs!
(eilt zu anderen.)
Da schaut nur her,
Und rathet, wer der dort ist, wer?!

**Zweiter Bürger.**

Wie soll ichs wissen?

**Bürger.**

Ei, Hans Sachs!

**Alle.**

Der Dort?

Der schlanke Bursche?

**Bürger.**

Auf mein Wort!

### Hans Sachs.

Wohl hätt' ich ihn so gern gefragt,
Was meine lieben Eltern treiben;
Ich hab' es aber nicht gewagt,
Die Frage that mir stecken bleiben.
Ich weiß es nicht woher, warum,
Es geht mir so im Herzen um,
Auch kennt mich wirklich keiner mehr;
Wohl hab' ich mich geändert sehr.
Jetzt will ich in die Kirche treten,
Mich drängt es so zum stillen Beten. (Ab.)

### Ein Bürger.

Das muß ich gleich zu Hause sagen.

### Anderer.

Ich will es in die Schenke tragen.

### Bürger.

Ich sah's ihm an und that ihn beßhalb fragen.

### Andere.

Ei ei, ein noch gar junger Mann.

### Andere.

Aus dem noch Etwas werden kann.
(Alle ab.)

## Dritte Scene.

**Capelle.**
(Hans Sachs verrichtet sein Gebet.)

**Röschen.**

Warum betrübst du dich, mein Herz,
Bekümmerst dich und trägest Schmerz
Nur um das zeitlich Gut?
Vertraue deinem Herre Gott,
Der alle Ding' erschaffen hat.

Er kann und will dich verlassen nicht,
Er weiß auch wohl, was dir gebricht;
Himmel und Erb' ist sein.
Mein Vater und mein Herre Gott,
Der mir beisteht in aller Noth.

Weil du mein Gott und Vater bist,
Dein Kind wirst du verlassen nicht
Du väterliches Herz.
O nimm mich auf in deinen Schooß,
Auf Erden hab' ich keinen Trost.
(Sie will aus der Kirche und erkennt Sachsen).

**Hans Sachs.**

Ihr habt mein Lied so hold gesungen,
Daß es mir tief in's Herz gedrungen.

### Röschen.

So seid der Sänger Ihr gewesen?
Ich mag es gar zu gerne lesen.
So oft noch daher ich gekommen
Und ich mich glaubte hier allein,
Hab' ich es gleich hervorgenommen,
Ich schriebs in mein Gebetbuch ein.

### Hans Sachs.

O diese Schrift und diese Züge!
Wie sind sie enge, sind sie weit,
Ich lese d'rinnen zur Genüge
Des Herzens ganze Seligkeit!

### Röschen.

Ihr habt wohl auch noch and're Lieder,
Ich möcht' ein weit'res hin und wieder.

### Hans Sachs.

Ihr könntet mich zum Singen treiben,
Da mehrte schnell sich Spruch auf Spruch.

### Röschen.

Und wolltet Ihr sie selber schreiben,
Ich liehe gern Euch dieses Buch.

### Hans Sachs.

Ich schreibe schlecht, ihr werdet finden,
Es wird des Buches Nieblichkeit verschwinden.

#### Röschen.

O nein, ich wünschte mir schon lange,
Daß ich etwas von Euch empfange.

#### Hans Sachs.

Und wollt Ihr meine Lieder singen,
Wohin soll ich das Büchlein bringen?

#### Röschen.

Ich komme jeden Abend her;
Euch bald zu sehen wünscht' ich sehr.

#### Hans Sachs.

Ich will mir alle Mühe geben,
Nur Euch mehr singen möcht' ich eben.
Darf ich es etwa morgen wagen
Nach Hause Euch das Buch zu tragen?

#### Röschen.

Ich würde schönsten Dank Euch schulden,
Ich heiße Röschen Gulden.  (Ab.)

#### Hans Sachs.

So etwas hab' ich nie empfunden;
Mir brennen hundert süße Wunden,
Davon ich nimmer kann gesunden.  (Ab).

## Vierte Scene.

(Vor Sachsens Haus. Nacht.)

#### Hans Sachs.

Das ist das Haus. Mir ist so bang,
Ich kann mich gar nicht fassen;
Da ist der Klöpfel! welcher bumpfe Klang!

#### Weib (von oben.)

Was gibt es unten auf der Gassen,
Was will man spät noch vor der Thür?
Was hat man da zu schaffen,
So gegen Ordnung und Gebühr?
Und jetzt unsinnig gaffen!

#### Hans Sachs.

Da wohnte Sachs doch immerdar.

#### Weib.

Das ist schon lange nicht mehr wahr;
Wollt Ihr der beiden Wohnung sehen,
So müßt Ihr auf den Kirchhof gehen.
(Schmeißt das Fenster zu.)

#### Hans Sachs.

Ach Gott, was ist geschehen!
(sinkt ohnmächtig nieder.)

# Dritter Aufzug.

## Erste Scene.
(In Nunnenbecks Haus.)

### Nunnenbeck.

Sei stark und laß den Muth nicht sinken!
Die Thräne soll nur kurz im Auge blinken.
Es ist einmal der Lauf der Dinge,
Wir müssen in des Todes Schlinge
All' einmal unsre Hälse hängen;
Das soll uns nie den Muth verdrängen.
Da setz' dich nieder und berichte,
Wie es dir draußen ist ergangen,
Und laß in deinem Angesichte
Die Heiterkeit den Sieg erlangen.

### Hans Sachs.

Vor Allem, lieber Vater! kündet
Mir meiner guten Eltern Ende;
Die Thräne, welche Wehmuth ründet,
Ist eine pflichtgebot'ne Spende.

### Nunnenbeck.

Ihr Ende will ich dir berichten.
Den Aeltern ziemt ein Angedenken,
Und nimmer soll die Zeit vernichten,
Was wir in's Inn're tief versenken.
Sie lebten noch zwei Jahre fast,
Nachdem du sie verlassen hast,
Und dachten deiner jede Stunde;
Es floß dein Lob von ihrem Munde;
Sie hatten viel von dir erfahren,
Von deinem Ruhm in jungen Jahren.
Da hieß an einem Frühlingsabend
Man mich zu deinem Vater kommen,
Und wie die Sonne mild und labend
Ist auch sein Lebenslicht verglommen.
Er saß, in seinem Bette lesend
In deinen jugendfrischen Sängen;
Man sah den Tod sich mild verhängen,
Von schwerer Pein schien er genesend.
Da rief er: Nunnenbeck, ich will ihn segnen;
Der Segen wirkt ja in die Weite;
Er wird ihm draußen schon begegnen;
Er sprach's und sank entseelt zur Seite.
Die Kinder, die ihn rings umstanden,
Des Segens Wirkung mitempfanden;
Sie werden gut und brav erzogen
Und man ist ihnen wohlgewogen.

Die Mutter hatte wenig Sorgen.
Nach zweien Monden schlief am Morgen
Sie ruhig ein; man kann nicht sagen,
Daß sie gar großen Schmerz getragen.
Nur waren ihr im Herzen Wunden,
Davon man nimmer kann gesunden.
Wie Sommer sich vermählt dem Lenze,
So merkt ich nicht des Schlafes Grenze.

#### Hans Sachs.
Ach, lieber Vater, großes Leiden!
Wenn uns die Eltern fern verscheiden!
Ich meinte wohl, in Kindesarmen,
Da könnten sie auf weit're Frist erwarmen.

#### Nunnenbeck.
Die größ're Liebe muß gewinnen;
Es zog Der droben sie von hinnen.

#### Hans Sachs.
So steh' ich jetzt allein in dieser Welt,
Dem blinden Zufall beigesellt.

#### Nunnenbeck.
Du darfst auf meinen Beistand bauen
Und kannst mir Alles anvertrauen;
Und was dir je das Herz bedrängt,
Das magst du ohne Rückhalt sagen
In guten und in bösen Tagen,
Mein Herz an seinen Freunden hängt.

#### Hans Sachs.
Ein guter Rath von guter Seite
Ist kostbar in dem Lebensstreite
#### Nunnenbeck.
Wer große Hoffnung übertroffen,
Für diesen ist es leicht zu hoffen.
Jetzt mäß'ge dich und sei zufrieden,
Nicht allen ward dein Loos beschieden,
Und nicht in jedem Herzen flammt
Der Strahl der von dem Himmel stammt.
Wohl soll man mit dem Leben fechten,
Doch niemals mit dem Schicksal rechten.
Erzähle, wie's dir ist gegangen,
Und wie du's draußen angefangen.
#### Hans Sachs.
Wohl ziemt es mir den Blick zu heben,
Da Thränen in dem Auge beben.
So will ich Euch denn treu berichten
Von meinem Streben, meinem Dichten.
Man kann das Leben lieben oder hassen,
Nachdem wir eben es erfassen.
Ich habe manche Lust empfunden
Und manche stillgeschlag'nen Wunden;
Doch allenthalben war mein Sinn
Auf den geheimen Bau der Welt gerichtet,
Weil nur ihr Kenner mit Gewinn
Und wahrer Ueberzeugung dichtet.

Man glaubt so leicht, es ging' zurück,
Weil hinten steckt das rege Steuer,
Es sei die Welt ein zitterndes Gemäuer,
Davon sich löse Stück für Stück,
Und früh zu leben sei ein Glück.
Mir hat das Gegentheil geschienen.
Ich neide alle, die nach mir geboren;
Sie hat das Schicksal auserkoren,
Dem Neuveredelten zu dienen.
Wir fahren einer neuen Zeit entgegen,
Es zieh'n uns an der Zukunft Bergmagnete,
Wohl jenem, dem ihr Hauch entgegenwehte
Und der verspürt ihr fernes Regen.
Die Länder, von dem Kriegsgestirn versengt,
Ergrünen in dem sanften Hauch des Friedens,
Der Norden, rauh zur Arbeit angestrengt,
Erweicht im Zauber schimmerreichen Südens.
Schon blühen Schulen allerorten,
Darin gedeiht des Liebes Pflege,
Und wahrhaft ausgesproch'nen Worten
Begegnet man auf jedem Wege.
Wenn Abends spät die Meister rasten
Und Ruhe bieten den Gesellen,
Der Schule Bänke sich belasten,
Und aus den Kehlen Lieder quellen.
Die Wimpeln schimmern an den Masten,
Bald wird sich auch das Segel schwellen.

Ein neuer Tag ist angebrochen
Und dämmert in den deutschen Landen;
Vergebens wird kein Wort gesprochen,
Und blinde Macht nur droht mit Banden.
Denn es ist wahr! die Welt wird immer weiter,
Es regt gewaltig sich des Geistes Schwinge,
Die Menschheit stürmt empor, ein ew'ger Streiter,
Vergebens rüttelt man an ihrer Leiter,
Und hofft, daß sie zuletzt den Sturz bedinge; —
Denn an der Bahr' erblüht das Leben heiter!
Und soll der Einzelne zum Ganzen taugen,
Sei er durchflammt vom Lichte seiner Zeit,
Schür' er die Feuer, daß sie sprühend rauchen,
In stiller Nacht voran dem Streit.

### Nunnenbeck.

In diesen Zeiten bleibt's ein großes Wort,
Das du soeben ausgesprochen;
Du hörst die Zukunft an der Thüre pochen
Und schickest das Vergang'ne fort.
Doch sei's nicht früher abgebrochen,
Bis es dir völlig abgedorrt;
Sonst machen es die Spätern ebenso,
Und ihres Lobes wirst du nimmer froh.
Versuche nur in deiner Zeit
Auf ihren Gipfel dich zu stellen;
Die Spät'ren sind dir lobbereit,
Sie sind auch mehr als du im Hellen.

Es gibt kein Maaß für Alle Zeiten,
Das merke, wer ihr Wandeln mißt;
Der wird sich selber Nacht bereiten,
Der fremde Nacht nicht auch vergißt.
Doch lob' ich beinen regen Eifer
Und theile mit dir gleiche Meinung,
Trotz Lästerung und wildem Geifer
Setzt sich das Neue in Erscheinung.

#### Hans Sachs.

Ihr mäßigt, was ich übertreibe,
Damit das rechte Maß verbleibe.

#### Nunnenbeck.

Und hat auf beiner Wanderschaft
Sich nicht auch sonst das Herz gerührt?
Beim Dichter glüht's in voller Kraft,
Wenn kaum ein Ander'er was verspürt.

#### Hans Sachs.

Ihr bringt mit eurem Blick zur Tiefe
Und horcht des Lebens Pulse aus.

#### Nunnenbeck.

Wenn d'rinnen was verborgen schliefe,
Warum denn nicht an's Licht heraus?

#### Hans Sachs.

O lieber Vater! steht mir bei!

**Nunnenbeck.**

Ich seh' dein Herz ist nimmer frei,
Wo kam die Liebe denn zu dir?

**Hans Sachs.**

In Nüremberg kam sie zu mir.

**Nunnenbeck.**

In Nüremberg! ei sag' mir an,
Wer hat's dir denn so angethan?
Du bist doch erst seit gestern hier.

**Hans Sachs.**

Ach, Röschen Gulden heißt das Kind.

**Nunnenbeck.**

Ein braves Mädchen sonder Frage;
Doch, daß ich bir es offen sage,
Ich glaub', es geht nicht so geschwind;
Ihr Vater ist ein stolzer Mann,
Den man nicht leicht gewinnen kann.

**Hans Sachs.**

Ich hab' es gleich ihr angesehen,
Sie wird für mich durch's Feuer gehen.

**Nunnenbeck.**

Doch wie gedenkst du's hier zu treiben?

**Hans Sachs.**

Ein braver Schuster will ich bleiben,
Wie es mein wack'rer Vater blieb.

### Nunnenbeck.

Der sein Geschäft mit Segen trieb,
Weil ihm die Arbeit wie die Ruhe lieb.
Erwirb dir selbst ein Eigenthum;
Du kannst in meinem Hause weilen,
Ich will mit dir die Habe theilen.
Doch schau'n wir uns nach Kunden um;
Ich kenne Manchen in der Stadt,
Der eine Arbeit für dich hat.
Und thut dein Herz noch etwas quälen,
So magst du's auf dem Weg erzählen;
Es ist mir ohnehin nicht klar,
Wie du schnelle konntest wählen,
Wie wohl ich selber junge war. (Wollen abgehen.)
(Rickchen tritt auf.)

### Ricke.

Hört Ihr das Sterbeglöcklein läuten?
Den Tod der Jungfer Eller thut's bedeuten.

### Nunnenbeck.

O selig, die so rein wie sie gestorben!
Ihr Herz war lauter wie ihr Wort.
Die Heil'gen haben um das Kind geworben,
Und nahmen's mit sich fort.
(Man hört das Sterbeglöcklein noch immer.)

### Ricke.

Laßt uns für ihre Seele beten!

**Nunnenbeck.**
Sie hat das Paradies betreten.
(Pause.)

**Hans Sachs** (zu Rickchen).
Kennst du mich noch?

**Ricke.**
Hans Sachs, der bist du doch.

**Hans Sachs.**
Der Kindertage gold'ner Lauf
Geh'n mir wie farb'ge Blumen auf.
Ach Rickchen, diese Stunden leicht und schwer
Sie kehren nimmermehr.
Die Seligkeit oft bang gefühlt,
Ward Wog um Wog' hinweggespült.

**Nunnenbeck** (die Hände auf ihr Haupt legend).
Auch i h r sind beide Aeltern todt.
Doch Amen wie's der Herr gebot,
Und wie er's fügt so ist es gut.
Ein Haupt, d'rauf Aelternsegen ruht,
Es ist von Engeln leicht umschwebt.
An Rickchen hab' ich nichts als Freud' erlebt,
Seit mir die Schwester auf dem Todtenbette
Empfahl, daß ich für sie zu sorgen hätte.
Doch reden wir darüber jetzt nicht weiter;
In gleicher Lage werdet beide heiter.
Und hemmt die Thräne, die vom Auge rinnt.

#### Hans Sachs.

Ich wünsch' Euch Glück zu solchem Kind,
So sittsam und so wohlgesinnt.
Wie freu' ich mich in stiller Abendstunde
Zu lauschen, Rickchen, wie von deinem Munde
Das Frühbekannte wie das Neue
In leichter Wechselrede fließt,
Der Kindheit Himmel sich erschließt
In seiner wolkenlosen, ew'gen Bläue.
Darin wir auf und nieder steigen,
Wenn liebend Todte sich hernieder neigen
Und uns Verlor'nes wieder ward zu eigen.
                (Hans Sachs und Nunnenbeck ab.)

#### Ricke.

Ach, wie das Lob mir in den Busen sticht!
Er nannt' mich sittsam und ich bin es nicht.
Würd' sich's nicht mehr zu sagen trauen,
Könnt' er in's arme Herz mir schauen,
Wie's wogt und bebt!
Wie's mir den Busen tobend hebt! —
Der Junker Krebsblut, den sie alle hassen,
Der mich betrogen, hat mich jetzt verlassen.
Bald deuten sie auf mich auf allen Gassen!
O Gott, ich kann mich nimmer fassen.
Ich kann die Angst nicht länger tragen;
Ich muß noch heut' dem Oheim Alles sagen.
                (Pause.)

Schon manche Nacht
Hab' ich durchwacht
Und über Alles nachgedacht
Bis in den Morgen
In bangen Sorgen.
Er täuschte mich, dem Keine hold,
Mit seinem Reichthum, seinem Gold.
Dazu die Höllenkünste
Und Hexenküchendünste
Und Karten, Bilder, Flammen
Und aller Spuck zusammen,
Die Kettchen und gefeiten Ringe
Und alle andern schlimmen Dinge
Der grauen, schlauen Marthe,
Die zitternd ich erwarte,
Vor der in Grau'n und Zagen,
Das Kreuz ich möchte schlagen.
(Martha Schwerdtlein tritt auf.)

### Martha Schwerdtlein.

Ei Jungfer! wieder in Gedanken.
Wer wird so mit sich selber zanken?

### Ricke.

Mit euch sollt' ich's, mit Euch Frau Marthen
Und euren falschen Teufelskarten,
Die gaucklisch Glück mir vorgespiegelt
Und mir die Seele aufgewiegelt.

Doch halt' ich's länger nicht bei mir,
Das schwör' ich Euch zur Stunde hier.

### Martha.

Ich bitt' Euch Jungfer, haltet reinen Mund;
Erfährt der Onkel die Geschichten,
Bleib' ich in Nürnberg keine Stund;
Es giebt der Mittel allerhand.

### Ricke.

Wie würd' es denn Frau Martha richten?

### Martha.

Zur Base geht Ihr auf das Land.

### Ricke.

Frau Marthe, Eure Weg' sind krumm;
Zwar kramt ihr stets im Gebetbuch rum.
Ich sag' ihm Alles! seid ohne Sorgen;
Wenn heut nicht mehr gewiß doch morgen.  (Ab.)

### Martha.

Das weiß ich besser, armes Kind —
Das sagst du ihm nicht so geschwind.

(Pause.)

Ward selber einmal recht betrogen:
Fühlt' mich zu Einem hingezogen;
Des Doctors Faust Kumpan er war,
Es sind beinah' jetzt vierzig Jahr. —

Ich fragt' in einer süßen Stund ihn aus:
Da schwur er mir bei seiner Ehre,
Ein griechisch Wort sein Name wäre,
Und überall wär' er zu Haus.
Doch da geschahen schreckliche Geschichten;
Die beiden mußten eilig flieh'n,
Ich heimlich aus der Stadt mich zieh'n;
Dann thäten sie das Gretchen richten,
Das arme Gretchen mit seinem Kind,
Das drüben keine Ruhe findt:
Ich wollt' der Himmel ihr verzieh' —
Nein, die Geschichten vergeß' ich nie! (Ab.)

## Zweite Scene.

(Zimmer mit Erker in Gulden's Hause.)

Röschen (Blumen begießend.)

Ich will die Stöcke fleißig gießen,
Damit sie recht in die Höhe schießen.
Er hat gewiß auch Freude d'ran, —
So hat's mir nie wer angethan. —
Der Vater ist jetzt ausgegangen;
Ich könnt' ihn wohl bei mir empfangen,
Ihm alle meine Sachen zeigen,
Ihm sagen, wie ich ganz sein eigen.
Und doch ist mir dabei zu Muth,
Wie Jemand der ein Unrecht thut.

Ich weiß auch nicht wo aus und ein,
Bald scheint es Lust bald scheint es Pein.
Da kommt er! Ist es doch erlaubt?
Die Angst mir fast dem Athem raubt.
(Hans Sachs tritt ein.)

### Hans Sachs.

Es ließ mich nicht mehr länger weilen,
Euch das Bestellte mitzutheilen;
Erschein' ich Euch darum vermessen?
Ihr habt's am Ende schon vergessen.

### Röschen.

O das vergessen! Nie und nimmer!
Denk ich doch Euer schon so lange.

### Hans Sachs.

Schon lange? von dieser Augen Schimmer,
Ich erst den zweiten Blick empfange.
Und solchen Blick! — da war ich blind!
Ich dürft' den Augen nimmer trauen,
Wenn sie das Schönste können schauen
Und nicht davon ergriffen sind.

### Röschen.

Ich stund am Fenster, saht Ihr's nicht?
Ich stund, wo wir jetzt beide stehen.
Ihr machtet ein betrübt Gesicht
Und wolltet auf die Reise gehen.

#### Hans Sachs.
Nur diesen Vorhang sah ich wehen,
Die Wolke nur und nicht das Sonnenlicht!
Es drang mir tief in's Herz hinein
Und weckte wunderbare Pein
Wie ich des Flores Wallen sah.
Ich ahnte was, ich fühlte, nah
Steht mir ein guter Engel da.
#### Röschen.
Drei Jahre, daß Ihr fortgezogen,
Mein Herz blieb immer Euch gewogen.
#### Hans Sachs.
Ihr war't mein Schutzgeist auf der Reise.
#### Röschen.
Und pochte nicht das Herz Euch leise,
Wenn Ihr in manchen stillen Stunden
Ein Lied in Eurer lieben Weise
Mit Einemmale aufgefunden?
#### Hans Sachs.
Ihr war't das tiefverborg'ne Bild,
Das ich in meiner Brust getragen
Und das mir freundlich stets und mild
Geleuchtet hat in trüben Tagen.
Ihr seid der traute Geist gewesen,
Der mir im Herzen still gewohnt,
Nur Euch dank' ich's, daß ich genesen,
Daß mich Vergiftung hat verschont.

O laß mich dankend niedersinken
Und Trost aus vollen Augen trinken!
(Er sinkt nieder.)

Röschen.

Mir wird so leicht und doch so schwer,
Ich kenne mich fast selbst nicht mehr.

Hans Sachs.

O dürft' ich weilen hier an dieser Stelle!

Röschen.

Bei dir nur möcht' ich immer sein! —

Hans Sachs.

Ich nenne dich auf ewig mein.
(sie umarmen sich)
O Traum, entfliehe nicht so schnelle,
O spott' nicht tückisch mein und dein!
War werth ich deiner Himmelshelle,
Laß werth mich deiner Dauer sein!

Röschen (das Gebetbuch durchblätternd).

Ich muß von Neuem immer lesen;
Die Verse sind so hübsch und nieblich,
Und auch der Lieder ganzes Wesen,
So klugen Sinn's und doch so frieblich.

Hans Sachs.

Es kostete mich Ueberwindung,
In Eure zarte Schrift zu pfuschen;
Hier Sylben so vorüberhuschen,
Dort waltet lieblichste Verbindung.

#### Röschen.
Wer war denn damals jene Frau?
Ich merkte sie mir wohl genau;
Doch sah ich sie gar nimmermehr.
Sie winkte dir und weinte sehr.

#### Hans Sachs.
Das war die Mutter, die dort stand
Und heim mich zog an ihrer Hand,
Die nimmer ich am Leben fand. —

#### Röschen.
Du bist so traurig, weine nit!
Der Tod nahm auch die uns're mit,
War damals auch noch gar zu jung;
Mir fehlt fast die Erinnerung,
Weiß noch, wie man die Nägel schlug
Und sie die Trepp' hinuntertrug.

#### Hans Sachs.
O schönstes Glück, Vergessenheit!
O zarter Duft der Jugendzeit,
O Traum mit deinem Rosenschimmer,
Entflieh'st so bald und kehrest nimmer!
Wo Licht uns grüßt, die Wolke zieht,
Die Freude vor der Sorge flieht,
Umdüstert wird der Lebenspfad.

#### Krebsblut (bei den letzten Worten eingetreten.)
Edler Krebsblut von Winkelrab!

#### Röschen.
O Gott! was will denn **der**? (läuft in den Erker.)
(Hans Sachs geht ab, der Rathsherr sieht ihm höhnisch nach.)

#### Krebsblut.
Etwa ein Brüderlein?

#### Röschen.
Schon mehr.

#### Krebsblut.
Noch mehr verwandt? Bei meiner Ehr',
Ich wüßte nicht was blutsverwandter wär'.

#### Röschen.
Ich spasse nicht.

#### Krebsblut.
Ihr liebt ihn wohl?
Trotz seinem ordinären Kamisol.
Das ist von Euch nicht fein gewählt;
Der liebe Mann zum Plebse zählt,
Und abgeschmackt ist dieses Plebsblut.

#### Röschen.
Doch besser denk' ich als wie Krebsblut.

#### Krebsblut.
Die Jungfer liebt nicht fein zu spassen.

#### Röschen.
Will auch nicht mit sich spaßen lassen.
#### Krebsblut.
Was würden der Herr Vater sagen,
Wenn man's ihm wollte hintertragen,
Daß Leute von gemeiner Art
Sein Töchterlein, so fein und zart,
Besuchen ohne sein Permiß?
Das machte einen großen Riß.
Zum Exempel, ich macht' eine Fabel
Mit Gleichniß und Parabel,
Wie ich schon öfter zugericht
In seinem, weltlichen Gedicht. — —
Ich möchte, daß ihr auch betrachtet,
Wie meinen Einfluß Alles achtet,
Den ich üb' auf den weisen Rath
Und alle Bürger in der Stadt,
Auf Regiment und Polizei,
Das Sittenwesen auch dabei.
Nun, werdet mir nur nicht so blaß;
Es war ja nur ein kleiner Spaß,
Und ist nicht viel dabei verloren,
Wenn man nicht Treue mitgeschworen.
Auch ist's nicht nutzbar zu verrathen,
Was vor sich geht in den Kemnaten.
Doch wenn's ein strenger Rathsherr weiß,
So macht's der Jungfrau doppelt heiß.

Bin von gar reinem Adelsblut
Und bin dabei dem Fräulein gut.
Fortuna hat mir zugelacht
Und manches Gülblein eingebracht.
Es läßt bei mir sich gütlich leben;
Bin zwar kein Gutsverschwender eben,
Und rechne mir in Sonderheit
Zu Ehren meine Mäßigkeit.
Hab' auch so keine Passion,
Und das ist werth gar Vieles schon;
Ich bin noch jung und wohlgebaut,
Worauf ein Mädchen gleichfalls schaut.
Ich habe Silber, habe Gold;
Kein Wunder, daß mir alle hold!
Ob meiner großen Experients
Bekam ich Theil des Regiments;
Ich bin nicht wie so mancher dumm,
Hab' schon ein Stück Ingenium.
Man sieht es ja gleich an der Stirn,
Von welcher Güte d'rinn das Hirn.
Auch manch' ein schön und werth Geschick
Handhab' ich mit gar vielem Glück.
Mein Werk erscheint in kurzer Frist,
Zum Nutz und Heil ein jeder Christ,
Und Kurzweil auch darinnen liest.
In Summa, die den Krebsblut kriegt,
Ob jeder Andern hat gesiegt.

###### Gulden (kommt.)
Mit unterthänigstem Respekt,
Wie geht es Euer Gnaden?
Darf ich Euch wohl zum Sitzen laden.
Wo nur mein Röschen immer steckt?

###### Krebsblut (sich setzend.)
Das gute Kind ist bös auf mich.

###### Röschen (im Erker.)
O Gott! jetzt fängt er wohl erzählen an
Mir ist es Angst und habe nichts gethan!

###### Gulden (lächelnd.)
Davor Eu'r Gnaden hüt' sie sich.

###### Krebsblut.
Im Erker steht sie voller Trutz.

###### Gulden.
Der Eigensinn ist ihr nichts nutz.

###### Krebsblut.
Auch möcht' ich Euch in Diskretion
Was anvertrauen: Wißt Ihr schon,
Daß Euer Röschen ungenirt
Ein blonder Junge caressirt?

###### Gulden.
Um Gotteswillen, nein, kein Wort!

#### Krebsblut.

Wie ich gekommen, ging er fort;
War Euch gar lieblich anzuseh'n,
Die Traulichkeit von diesen zween.

#### Gulden.

In meinem Hause? Schönsten Dank
Herr Rathsherr für die neue Zeitung.
Doch bitt' ich sehr nicht um Verbreitung,
Wir zwei beschließen schon den Zank.

#### Krebsblut.

Da will ich gern Euch abjustiren,
Sie zu Vernunft zurückzuführen.

#### Gulden.

Ihr seid ein hochgelahrter Mann,
Der Alles weise schlichten kann.

#### Krebsblut.

Ich kam im Grund um sie zu werben,
Ich muß sie haben oder sterben.

#### Gulden.

Mein Röschen? — Euer Gnaden sind recht gütig;
Das Mädchen ist sonst recht sanftmüthig,
Gehorsam, willig, stille, züchtig,
Bescheiden, fleißig, emsig, tüchtig,
Geduldig, mild, sanft, zärtlich, weich,
So was man weiblich nennt und reich.

Ich glaub' sie wird Euch conveniren,
Auch liebt sie sehr das Musiziren,
Und über Alles Poesei;
Sie treibt das selber nebenbei.

### Krebsblut.

Da paß' ich g'rade wieder recht;
Denn ich dicht' eben auch nicht schlecht.

### Gulden.

Mit solcher Gabe bringt Ihr schnelle,
Mein Röschen über Eure Schwelle.

### Krebsblut.

Wüßt' ich nur, was besonders zieht,
Ein lustig oder traurig Lied.
Denn in Historie, Commedie,
In schauriger Tragedie,
In der poetischen Fabel
Und gar in der Parabel,
Auch Strassler, Logika, Ränk'
Und in erbauliche Schwänk',
In Allem dicht' ich wunderschön.

### Gulden.

Da habt Ihr wirklich große Wahl.
Nur kann ich Alles nicht versteh'n;
Da fragt das Röschen nur einmal,

Die kennt sich da schon besser aus.
Nun Röschen! komm jetzt doch heraus.
(Röschen tritt hervor.)

Krebsblut.

Ei nur die Augen aufgeschlagen,
Wir wissen's schon, hat nichts zu sagen.
Der Junge war halt zu vermessen;
Ihr macht es mich recht bald vergessen.

Gulden.

Was muß ich hören, Kind?

Röschen.

O Vater! ja,
Es war der liebe Sänger da,
Der jenes schöne Lied erdacht,
Das dir auch immer Freude macht.
„Warum betrübst du dich, mein Herz,
Bekümmerst dich und trageſt Schmerz."
Du kennst sie ja, die zarte Melodie;
Wer sie gehört, vergißt sie nie;
Die Gab' ihm Gott der Herr verlieh'.

Gulden.

Ach Röschen, warum so erblassen?

Röschen (eilt zurück in den Erker.)

Vom Liebſten kann ich nimmer lassen.

#### Gulden.

Da muß ich schöne Dinge hören.

#### Krebsblut.

Der konnte sie gar fein bethören.

#### Gulden.

Die Sache wird schon anders werden.
Sie mag sich noch so toll geberden.

#### Krebsblut.

Wenn Ihr erlaubt, so komm' ich morgen.

#### Gulden.

Wird mir zur höchsten Ehr' gereichen.

#### Krebsblut.

Ihn zu entdecken will ich sorgen.

#### Gulden.

Er darf sich nicht mehr zu ihr schleichen.

#### Krebsblut.

Bei Allem sah er stattlich b'rein;
Er wird doch nicht was Besseres sein,
Gar häufig täuscht der erste Schein. (Ab.)

(Röschen hervor.)

#### Gulden.

Um Gotteswillen Röschen sei gescheidt;
Es kommt nicht oft Gelegenheit,
Daß man dich einem Mann vermählt,
Den man zum besten Abel zählt.
Er ist bei Jedermann gelitten,
Besitzet Geist und gute Sitten.
Besinne dich und sage Ja!
Das Glück war dir noch nie so nah'.
Du liebst die Sänger; sieh nur an!
Er ist der besten Sänger einer;
Sobald erscheint dir sicher keiner
Mit solchen Gaben angethan.

#### Röschen.

Wie kannst du jemals von mir denken,
Daß ich an den mein Herz mag schenken,
In dem, am Leibe ungestaltet,
Auch keine reine Seele waltet.
Nachdem ich einem Manne mich ergeben,
Der mir sein volles Herz entfaltet,
Und der verkettet meinem Leben.
Und niemals kann ich Vater wähnen,
Daß Dichtkunst, diese schönste Gabe,
Sich einem Geist verbunden habe,
Der Freude hat an fremden Thränen.

#### Gulden.

Belehrt dich nicht der inn're Drang,
So lehre dich der äuß're Zwang;
Ich muß dich wegen deiner zwingen.

#### Röschen.

Das wird Euch Vater wohl gelingen,
Doch große Leiden wird mir's bringen.

#### Gulden.

Du konntest nie sonst widersprechen.

#### Röschen.

Ich rede kühn, weil mir das Herz will brechen.

#### Gulden.

Doch rath' ich dir fortan zu schweigen,
Bis du dich wirst bereiter zeigen.

#### Röschen.

Der Vater will, ich muß mich neigen.

# Vierter Aufzug.

## Erste Scene.
(Vor Nunnenbeck's Hause.)

### Krebsblut.

Daß ich mit allergrößtem Fleiß
Den Mann nicht zu erforschen weiß,
Derweil mir sonsten in der Stadt
Derlei so leicht geglücket hat.
Zuletzt ist er von beff'rem Stande
Und mein Verlästern bringt mir Schande. —
Mich freut vor Allem mein Gedicht;
Ich kenne traun kein beff'res nicht.
Kein Weiser mir an Weisheit gleicht,
Kein Dichter mir das Wasser reicht.
'S ist wirklich eine nutzbar Gab';
Weiß nicht, von wem ich sie wohl hab';
Will es gar sinnreich recitiren.
Sie muß babei ihr Herz verlieren.

Mit meinem Kopf bin ich zufrieden;
Natur hat recht mich unterschieden
Von schimpflicher, gemeiner Meng.'
D'rum halt' ich auf den Anzug streng;
Ist doch ein fein gewählter Putz
Den Herren wie den Fräuleins nutz.
    (Er betrachtet sich.)
Wer nur von ferne Krebsblut schaut,
Der staunt ihn an und ist erbaut.
Was seh' ich da? Von meinem Schuh
Ist's Röschen weg! Wo geh' ich zu?
Die Glocke schlägt schon Elfe,
Krebsblut'scher Schutzgeist helfe! —
Doch horch, in meinem Geiste dämmert's,
Und d'rinnen in dem Hause hämmert's.
Da wohnt ein Schuster. He, Geselle!
Zu mir heraus gleich auf der Stelle!
  (Er klopft am Fenster, Hans Sachs tritt heraus.)

### Hans Sachs.

Beliebt Euch was? Wie kann ich dienen?

### Krebsblut (betroffen.)

Ei schön, daß ich ihn wiederfinde.
Das Röschen heftet an geschwinde. —
Was spottet Ihr mit Euren Mienen?

### Hans Sachs.

Weil Euch das Röschen abgefallen.

#### Krebsblut.
Macht nicht das Blut mir in den Adern wallen!
#### Hans Sachs.
Gleich bin ich da.

#### Krebsblut.
Verdammte Kröte!
Ich sollte dich nur mit dem Auge strafen.
Wenn dich der Blicke Blitze trafen,
Bedarf es nicht des Donners meiner Rede.
(Hans Sachs kommt zurück und verrichtet in Ruhe sein Geschäft.)
#### Hans Sachs.
Es ist gescheh'n.   (Will ab.)

#### Krebsblut.
Ihr seid ein Muster
Von einem tugendsamen Schuster.
Gar sehr muß das Geschäft floriren,
Wenn man so hoch hinauf sich mag verlieren.
Ei, ei, Herr Schuster, hätte nicht gedacht,
Daß Er sich an so reiche Mädel's macht.
Doch wart' Er nur; ich geb' Ihm schon
Für seinen Dienst den rechten Lohn.
Und laß' Er sich nicht mehr ertappen;
Wir führen Blut in unserm Wappen.   (Will ab.)

**Nunnenbeck** (der bei den letzten Worten herausgetreten.)

Erlaubt mir doch, ein Wort zu sprechen,
Weil dieser brave Junge schweigt
Und sich gelassen vor der Rohheit zeigt,
Die sich zu Schimpf vermochte zu erfrechen.
Ihr sitzt im Rathe dieser Stadt,
Die nur das Bürgerthum gehoben hat.
Und die beßwegen ist bemüht,
Daß jede Bürgertugend blüht.
Darin des Sohnes schönstes Erbe,
Des Vaters blühendstes Gewerbe,
Darin an Kunst das Handwerk gränzt,
Das Eine stets das And're schön ergänzt.
Nie wagt es wer, den Handwerksmann zu schänden,
Der sich sein Brod verdient mit seinen Händen.
Ja, wären Alle so gesonnen,
Die mit das Regiment verwalten,
Der Wohlstand wäre bald zerronnen,
Nichts Neues könnt' sich mehr entfalten;
Denn bei unfähigen Gewalten
Ist keine Dauer festzuhalten.
Doch gut, daß Ihr allein so denkt
Und gut, daß Ihr das Schiff nicht lenkt;
Es wäre bald in Grund gesenkt,
Und fort, was mühevoll gewonnen. —
Jetzt bitt' ich Euch, wo anders Euch zu sonnen.

(Ab.)

#### Krebsblut.

Die Rede soll ihm theuer stehen!
Ich will sogleich zu Gulden gehen. (Ab.)

## Zweite Scene.

(Zimmer in Gulden's Hause, Gulden in einem Sessel sitzend,
Röschen steht daneben.)

#### Röschen.

Nicht wahr, du siehst das Unrecht ein,
So sehr auf ihn erzürnt zu sein?

#### Gulden.

Du weißt, was ich dir immer sage,
Daß keiner dich zu werben wage,
Der nicht von reinem Adelsblut!
Für diesen Preis nur ist mir feil mein Gut.

#### Röschen.

Ist Euch das Eine nicht genug,
Daß er zum Sänger auserkoren,
Und warb' nicht der auch hochgeboren,
Der solche Gabe in sich trug?

#### Gulden.

Wer solche Gabe mit verbindet,
Bei mir Gehör noch schneller findet,
Und Alles einigt meine Wahl.

### Röschen.

Wer frägt darnach das erste Mal,
Wenn Auge sich und Aug' begegnet?
Man ist so froh und still gesegnet.
Genug wenn das die Lippe stammelt,
Was sich im Herzen still gesammelt,
Und nicht verstummt in süßer Qual.
O nimm das harte Wort zurück,
Das nur die Lippe ausgesprochen,
Darob gleichwohl mein Muth gebrochen.
O Vater rette mir mein Glück!
Es fällt dir hart, mir Nein zu sagen:
Du hast noch Nichts mir abgeschlagen.

### Gulden.

Laß' ab! Ich habe meinen Plan gefaßt;
Und wenn er dir auch jetzt nicht paßt,
So wirst du später doch zur Einsicht kommen,
Daß Kindern Aelternwünsche frommen.

### Röschen.

Das ist mein erster Widerstand.
Doch rührt er nicht vom Kopfe her;
Das Herz mich gänzlich überwand,
Ich habe keinen Willen mehr.

### Gulden.

Da hast du's! thörichtes Beginnen,
Wenn man sich nicht mehr zu besinnen

Bei übergroßer Neigung wagt
Und man das eig'ne Herz verklagt,
Daß es nicht Ruhe kann gewinnen.

### Röschen.

Wohl irrt der Geist, der Sinn betrügt,
Dem Herzen ist allein zu trauen,
Das niemals irrt und niemals lügt;
Auf seine Stimme will ich bauen.

### Gulden.

Hör mir jetzt auf mit deinem Flehen;
Ich will und muß dir widerstehen.

### Röschen.

O Vater les' die Lieder doch,
Die er mir in das Buch geschrieben,
Und sag', wenn du gelesen, noch,
Ich dürst' ihn ferner nimmer lieben.

### Gulden.

Du konntest ihm das Büchlein leihen!
Ei Röschen was hast du gethan?

### Röschen.

Ach lieber Vater wollt verzeihen;
Seht es Euch nur genauer an.

#### Gulden (in dem Buche blätternd).

Recht hübsch geschrieben; seine Schrift,
Wie man sie nur höchst selten trifft.
Der Mensch hat Schliff und feinen Sinn,
Es steckt so mancher Witz darin.

#### Röschen.

Nicht wahr, er macht uns treulich kund,
Was tief versteckt im Herzensgrund;
Er weiß den rechten Klang zu finden
In jedem Drange, jeder Lage.
Die fremden Worte ganz verschwinden,
Man glaubt, daß man nur Eig'nes sage.

#### Gulden.

Ja wär' der Stand nur angemessen,
Ich wollte gern das Uebrige vergessen.

#### Röschen.

Du sagst genug, daß ich zu hoffen wage.

#### Krebsblut
##### (tritt mit Verbeugungen herein und declamirt).

Im Fischteich um ein Röslein,
Schwimmt ein gar prächtiger Schwan,
Singt gar so süß und leise
Und schaut das Röslein an.

Singt gar so süß und leise
Und möchte vor Sehnsucht vergeh'n.
O Röslein, liebes Röslein,
Kannst du dies Lied versteh'n?

### Gulden.

Man merkt, Ihr habt schon viel studirt.

### Krebsblut.

Ward siebenmal examinirt.

### Gulden.

Das macht es auch, daß ihr so schnelle
Gekommen seid zu dieser Stelle.

### Krebsblut (zu Röschen).

Wie hat Euch mein Gedicht gaudirt?
Ist Alles nieblich ordinirt.

### Röschen.

Wie Euer Wesen mir gefallen kann.
Das Herz versteht nicht jeden Mann.

### Krebsblut.

Es war nur mein proëmium.
Das Weit're geht im Kopf' mir 'rum.
Ich hab' den Plan; d'rum ist's gemacht;
Die Verse kommen über Nacht.

### Gulden.

Bedanke dich bei Seiner Gnaden.

### Krebsblut.

Ich wüßte nicht, wozu der Dank;
Die Verse kamen ungeladen.
Ein Bischen Feile und sie waren blank.

### Gulden.

Bedanke dich für Seiner Gnaden Schwank.

### Krebsblut.

Ihr irrt; es steckt dahinter tiefe Wahrheit
Und trotz des Dunkels waltet Klarheit.

### Gulden.

Bedanke dich für deinen Zaubertrank.

### Krebsblut (Röschen die Hand hinhaltend.)

Der Name thut sich wirklich schicken,
Mir wird es leicht in's Herz zu blicken.
(Röschen wendet sich weg.)

### Gulden.

Nun Röschen muß ich dir befehlen.
Der gnäd'ge Herr sind gar so gut.

### Röschen.

Ich kann's nicht thun, soll ich's verhehlen?
Dazu hab' ich jetzt keinen Muth.

#### Krebsblut.

Ach, jedes Wesen rührt die Poesei.
> (Will sie erfassen.)

#### Röschen.

Nein, laßt mich los; ich kann Euch nicht ertragen.

#### Krebsblut.

Bleibt hier; ich will Euch etwas sagen,
Das uns bekümmert alle drei.
Ihr habt gar feine Wahl getroffen,
Doch ohne Schuld, das will ich hoffen.
Herr Gulden hört, der um sie freit,
Ein Schuster ist's.

#### Gulden.

Um Gotteswillen!

#### Krebsblut.

Nun Röschen, schmecken euch die Pillen?

#### Gulden.

Ja, dazu wäre Gulben recht.

#### Krebsblut.

Der hätt' Euch Eure Habe bald verzecht.

#### Gulden.

Ein Schuster kann sich unterstehen,
Nach Gulben Töchterlein zu sehen?

Ein Schuster macht sich an mein Kind?
Nein, Nein! das geht nicht so geschwind.
Viel lieber mit ihr in die Klosterzelle;
Ich will's ihm sagen, hier an dieser Stelle.

### Krebsblut.

Besudelt doch nicht Eure Schwelle.

### Röschen.

Ihr seid ein Bösewicht.

### Gulden.

        Kein Wort!
Und nicht von diesem Flecke fort.
Ich will dir einmal tüchtig lehren,
Des Vaters Wille hoch zu ehren.
Er muß herbei. (Ab).

### Krebsblut.

        So muß man's büßen,
Wenn man sein Bestes tritt mit Füßen.
Ha! ha! Ein Schuster! Gut gewählt!
Ein Schuster, der zu den Poeten zählt.
Ich kann es ihm auch nicht verdenken,
Wenn er Euch will sein Herzlein schenken.
Mit Eurem Gelde denkt er eben,
Zu führen ein fideles Leben.
       (Gulden kehrt zurück.)

#### Gulden.

Gleich ist er hier; er war nicht weit.
Jetzt Röschen, halte dich bereit.
Der soll's erfahren. Röschen du
Schlägst hinter ihm die Thüre zu.
Du mußt ihm selbst die Meinung sagen,
Ihn selber aus dem Hause jagen —
Wo ist der Stolz auf beinen Stand?

#### Röschen.

Was hat verbrochen seine Hand?
Ist der in Niedrigkeit geboren,
Der sich erwirbt was schon ein and'rer fand?
Nur der ist niedrig, der das Gut verloren,
Das ihm zu nehmen Nichts sich unterstand.
Ich kann nicht anders; mag's Euch auch betrüben;
Ich lieb' ihn doch und werd' ihn ewig lieben.
(Hans Sachs tritt ein.)

#### Hans Sachs.

Ihr habt mich eben herbeschieden.

#### Gulden.

Weil Ihr gebrochen meines Hauses Frieden.
Wie heißt Ihr und wer seid Ihr? Sagt es stracks!

#### Hans Sachs.

Ich bin ein Schuster, heiß' Hans Sachs.

Gulden.

Er liebt mein Röschen?

Hans Sachs.

Ja, so ist es.

Gulden.

Ihr spracht schon einmal ein?

Hans Sachs.

Ihr wißt es.

Gulden.

Es darf ein Schuster sich getrauen,
Nach meiner Tochter umzuschauen?
Was kann in allen Menschenreichen
Sich dieser Frechheit noch vergleichen?
Er ist gewiß die Arbeit satt
Und denkt, jetzt wendet sich das Blatt.
Ich nehm' die Gulden in die Eh'
Vorbei ist alles Leid und Weh'.
Mit Seinen Versen ist nichts auszurichten,
Faullenzerei all' dieses Dichten,
Sein Wissen ohne Kunst und Schule,
Nicht werth nur eine Federspule.
Ihr Jungen wollt es besser treiben,
Die Schuster wollen Bücher schreiben
Und keine Lust sich schuldig bleiben.

Das habt Ihr trefflich ausgesonnen;
Doch ist man nicht so unbesonnen,
Und Eure Pläuchen sind zerronnen.

### Hans Sachs.

Herr Gulden wagt Euch nicht zu sehr heraus!
Sind wir gleichwohl in Euerm Haus.
Bedenkt, in solch' gemeinem Stand
Wird rauh und schwer die schwiel'ge Haud.
Was werft Ihr mir die Arbeit vor
Und was ich sonst in Lust erkor?
Geht's Euch was an? Leb' ich von Euch?
Steh' ich Euch nicht als Bürger gleich?
Bin ich denn Euer Knecht etwa?
Herr Gulden! Ehrlich steh' ich da.
Daß ich jetzt zitter und verbleich'
Und stumm mich aus dem Hause schleich',
In Ehren und in Waffen gut,
Mit heißem aufgewallten Blut,
Dankt Ihr Hans Sachsens stolzer Art
Und was Euch Röschen offenbart.

### Gulden.

Warum denn g'rab mein Töchterlein?
Ihr bleibt jetzt weg von meinem Kinde.
Daß ich Euch hier ja nimmer finde. —
Gleich morgen soll die Hochzeit sein,
Wenn Seine Gnaden stimmen ein.

#### Krebsblut.

Ei ja! mit kindlichem Vergnügen
Will ich Herrn Guldens Wunsch genügen.
Die Röschen lieben all' den Mai;
D'rum morgen uns're Hochzeit sei.

#### Röschen.

O Gott und Herr!

#### Krebsblut.

      Der Schmerz ist bald vorbei.

#### Gulden.

Hier meine Hand!
      (Sie schlagen ein.)

#### Krebsblut.

      Hier Euer Sohn!
Ich wollt' es wäre morgen schon.

#### Gulden.

Wir beide, däcdt' ich, eilen in die Stadt,
Zu sehen, was man noch zu richten hat.

#### Krebsblut.

Ich muß mir Mancherlei bestellen,
Was Schätzchens Laune soll erhellen,
Und richten meinen Festtagsstaat.

#### Gulden.

Ihr geht jetzt fort! — du spute dich!
Die rechte Freude findet sich;
Es hilft doch nichts das leid'ge Murren.

#### Krebsblut.

Sie thun im Anfang nur so knurren.

#### Gulden.

Ist's Gnaden recht?

#### Krebsblut.

Heißt Söhnchen mich!
(Will Röschen die Hand küssen.)

#### Röschen.

Hinweg!

#### Krebsblut.

O Röschen nicht so fürchterlich.
(Krebsblut und Gulden ab.)

#### Röschen.

O Hans!

#### Hans Sachs.

Nur muthig Röschen! Gelt!
Der Himmel sich am Ende hellt.

#### Röschen.

Mir bricht das Herz!

**Hans Sachs.**

Was ist zu thun?
Wir dürfen nie und nimmer ruh'n!

**Röschen.**

O Hans, veränd're deinen Stand!

**Hans Sachs.**

Verdrießt dich meine rauhe Hand?

**Röschen.**

Mir ist sie recht so wie sie ist;
Doch anders dich der Vater mißt.

**Hans Sachs.**

Ist das nicht Sünd'?

**Röschen.**

Ich darfs nicht wagen,
Vom Vater solches Wort zu sagen.

**Hans Sachs.**

Ich bleibe meinem Stande treu.

**Röschen.**

Thu's nicht! Zu spät kommt deine Reu'.

**Hans Sachs.**

Du glaubst ich könnt' ihn je verlassen?
Für mich wird er allein nur passen.

## Röschen.

Du hast so einen klugen Sinn;
Warum ziehst du nicht b'raus Gewinn?
Du könntest einen Rathsherrn machen,
Sogar des Kaisers Kanzler auch:
Sie schenkten Ketten bir und gold'ne Sachen,
Wie es der Fürsten ebler Brauch.
Auch stünde dir der Harnisch gut,
Der Mantel und der Federhut,
Wie man die Herren täglich sieht,
Davor die Mütze Jeder zieht.
Ich hätte meine Freude b'ran.
Nun, wie gefällt dir dieser Plan?
Du taugst nicht zu so niederm Stand,
Dein Kopf gilt mehr als beine Haub.

## Hans Sachs.

Ich wollt', du hättest ihn nicht vorgebracht;
Es hat mich nur noch trauriger gemacht.
Ich dachte mir, dich könnte nicht bestricken,
Was viele Augen mit Vergnügen blicken,
Dir scheide leicht die Schale sich vom Kern,
Das Ferne hieltest du auch fern;
Es stell' sich beinem Auge Alles klar
Und ohne fremde Färbung bar.
Doch schein' ich mich geirrt zu haben;
Der Schein vermag auch dich zu laben,

Und solchen kann ich dir nicht bieten.
Das Schicksal zog mir lauter Nieten.
Ich habe nur, was ich im Herzen trage
Und zehre nur, was ich verdient am Tage.
Ich saß nicht auf des Glückes Schooß;
Bescheiden, doch nicht schimpflich, ist mein Loos.
Ich weiß, wer stets gelebt in Fülle,
Der zählt zum Wesen gern die Hülle.

### Röschen.

Du hast mich sicher mißverstanden.

### Hans Sachs.

Die letzten Hoffnungsschimmer schwanden.
O laß' mich fort in's Weite zieh'n,
Aus diesen engen Mauern flieh'n!
Von Land zu Lande will ich eilen
Und nirgend einen Sommer weilen,
Daß ich den Keim als Frucht nicht sehe
Und stets durch fremde Gassen gehe,
Daß sich mein Herz an nichts gewöhne
Und nur mit Fremdem sich versöhne.
Da, wo zuletzt sich senkt mein Wanderstab,
Da soll auch sein mein einsam Grab.
Ich muß hinaus, die Wände drücken mich.
Ist nicht der Körper schon genug,
Der mir belastend hemmt den Flug,

Und ist Gefangenschaft nicht jämmerlich,
Zumal, wenn man sich selbst in Fesseln schlug?

### Röschen.

Es war nicht so gemeint.

### Hans Sachs (ihre Hand ergreifend.)

Ich weiß recht gut
Dein Herz hegt noch dieselbe Glut;
Doch weil mich jammert dein Geschick,
Mag ich's nicht schau'n mit meinem Blick.
Und wander in die Welt hinaus,
Der alte Gast in ihrem weiten Haus.
Dein Bild ist tief in's Herz gedrückt
Und nichts es mehr daraus verrückt.
Das Urbild wird ja nimmer mein;
D'rum lebe wohl! Es sollt' nicht sein!
(Rasch ab.)

### Röschen.

O Gott! Er ist hinweg für immer
Erbarm' Du dich! Ich seh' ihn nimmer. —
(Kniet nieder.)
Weil du mein Gott und Vater bist,
Dein Kind du wirst verlassen nicht,
Du väterliches Herz.
O nimm mich auf in deinen Schooß!
Auf Erden hab' ich keinen Trost.
(Langsam ab.)

## Dritte Scene.

(Am Thore. Im Vordergrunde Guldens Haus mit Erker.
Hans aus der Thüre tretend.)

#### Hans Sachs.

Zum Fenster wag' ich keinen Blick.
Lebwohl, du gute alte Stadt,
Die einst für mich nur Gräber hat,
Kehr' ich ein müder Greis zurück.
Leb wohl! Die fremde, weite Welt
Sich draußen mir entgegenstellt.   (Ab.)

#### Thorkrämer (aus dem Laden kommend.)

Wer doch an solchem heißen Tag
Sich in das Freie wagen mag?
Ich bin bei'r Bibel eingesunken.
(Schaut Hans Sachs nach.)
Hans Sachs geht wieder aus der Stadt,
Wo er nur Leid erfahren hat.
Heut wird kein Gruß ihm nachgewunken.
Der alte Gulden hat so stolzen Sinn.
Sein Vater war auch Krämer an dem Thor
Und that sich durch Geschick und Fleiß hervor;
Das Söhnchen den Gewinn nur mehrte;
Die Arbeit ihn nie sehr beschwerte,
Erinnr' ich mich aus meinen jungen Jahren,
Als wir zusammen auf der Schulbank waren.
(Martha Schwerdtlein mit einem rothen Bündel und einem
Stabe kommt. Es beginnt zu dämmern.)

#### Martha.

So muß ich in den alten Tagen
Den weiten Weg die Füße plagen.
Man stieß mich schimpflich aus dem Haus.

#### Thorkrämer.

Frau Martha Schwerdtlein, auch hinaus?

#### Martha.

Er spottet meiner grauen Haar'?
Das bring' ihm Unglück, Balthasar!
(Geht durch das Thor.)

#### Thorkrämer (ihr nachblickend.)

Behüt' mich Gott! Mir graut vor der.
Wie sie am Crucifixe stockte!
Sie trägt an ihrem Bündel schwer,
Als wenn was Böses auf ihr hockte.


## Vierte Scene.

(Wald. Dämmerung. Im Hintergrunde die Stadt Nürnberg
in Abendbeleuchtung.)

#### Hans Sachs (kommt.)

Wie bin ich froh, daß mich der Wald umfließt,
Und frische Luft sich um die Brust ergießt.

Mir ist, als wär' ein Sturm vorbeigegangen
Und habe viele Bäume umgeweht;
Jetzt sei erfüllt sein rasendes Verlangen.
Ein leichter Hauch durch alle Wipfel geht. —
Bin ich doch hier in tiefer Waldesnacht,
Es rauscht um mich durch alte Tannen,
Die Lerche schweigt, die Nachtigall erwacht;
Ich fühl' mich wie in Zaubermacht
Und steh' gebannt, und sollte doch von bannen.
Die Rehe ziehen still vorbei,
Der Hirsch zeigt ferne sein Geweih.
Waldbächlein rieseln
Von hellen Kieseln;
Am feuchten Boden, lichtdurchsogen,
Von Flecht' und Wurzeln überzogen,
Auf grünem Moose
Die Maienrose:
Es zieht mich nach dem Erdenschooße,
In zauberische Bande,
In ferne Traumeslande
Beim süßen Sang der Nachtigall.
Der Stimme Wiederhall
Stellt mir den eig'nen Geist entgegen;
Der Waldbewohner letztes Regen
Auf engen, kaum betret'nen Wegen
Und in den Wipfeln all',
Führt mich dem Schöpfergeiste nah.

O Herr! Du wohnest da.
Ich hab' kein Dach
Im Ungemach;
Du wollest mich in Deinem Hause
Behalten diese Nacht,
In dieser grünen Tannenklause,
In Deiner Macht!
Ich hab' ja sonst kein Pfühl.
Ach, in der Seele welch' Gefühl,
Und welch' Gewühl
Und welche Pein
So ganz allein!
O Röschen, Röschen, gutes Kind!
So bös die fremden Menschen sind.
O Röschen, einst die meine,
O Engelsbild, erscheine!
Nicht ruft der Mann, der Starke,
Der Schiffer in der Barke;
Ich ruf' dich in den Wogen,
Von Sturm und Fluth hinabgezogen.
In Kampf und Lebensnöthen,
Wenn Feinde an mich treten,
Bin ich der Mann für mich allein —
Ich rufe dich in Herzenspein! — —

Wie ruhig ist es hier und still,
Und mir das Herz zerspringen will. —

O weiter Wald erbrause
Und schleuder' Ast und Ast
Auf beinen Jammergast!
In Windsbrautwirbeln sause,
Erschlage mich!
Erhebt euch Stürme,
Gewölk erthürme
Dich in ben Lüften,
Entraffe mich!
In gift'gen Düften,
Ihr Erdenblüthen
Ersticket mich!
Dich jäh zu klüften,
Statt mich zu hüten,
Erjammr' ich dich!
             (Wirft sich zur Erde. Pause.)
Was blickest milb
O Monbenbild
Vom Himmel du
Auf's Nachtgefild? —
Ganz tiefe Ruh —
Was flüstern sich
So feierlich
Die Wipfeln zu?
Was spricht der Quell?
Was bricht so hell
Wie gold'ner Traum
Durch jeden Baum?

Der Stern dort blinkt:
Der Vater winkt,
Der Mutter freundlich Bild
Grüßt mich vom Himmel mild.
Es schweigt in Baum und Strauch:
Ich fühl's wie Zauberhauch;
Es flieh'n die rauhen Kräfte,
Und edle Schlummersäfte
Zieh'n zu mir auf.
Die Seele geht hinan
Zum Sternenlauf —
Ich schmiege dir mich an.

(Legt sich nieder).

Es steigt in mir ein Bild empor:
Ich flücht' zu dir, die ich verlor,
Von der ich bin geschieden
Für ewig ach! hienieden.
Von der ich fliehe,
Wenn Sonne lacht,
Zu der ich ziehe
In Traumesnacht,
Von der ich mich für ewig wende,
Zu der ich Sehnsucht ohne Ende. —
In Blumen lieg' ich, schlaf ich ein;
So werd' ich ganz bei Röschen sein.

(Er schläft ein. Pause. Ferner Hörnerruf. Hans Sachs erwacht).

Welch' eig'ner Klang, der mich durchdrang?
Horch noch einmal, horch Hörnerklang!
Was wollen diese hellen Melodie'n,
Wenn die Natur sich schon zum Schlaf geneigt,
Der Mond sich in den Wellenspiegeln zeigt,
Und schon die Sterne dicht am Himmel zieh'n?
(Von Neuem kurzer Hörnerruf).
Was bringen diese lauten Klänge
Den Wiederhall rings in's Gedränge? —
So leben fort im Volke die Gesänge,
Wenn ihre Meister längst dahin.
(Kaiser Maximilian mit vornehmem Gefolge tritt auf.)

### Kaiser.

Was ist's mit Euch?

### Hans Sachs.

Ich denke hier
Zu suchen mir ein Nachtquartier;
Das Moos ist weich, die Tannen wehen,
Und holde Träume durch die Wipfel gehen.

### Kaiser.

Ihr sprecht wie ein Poet.

### Hans Sachs.

Weil ich mit Lust
Natur mich werfe an die Brust.

#### Kaiser.

Wen sie so traulich zu sich ladet,
Der ist mit hohem Sinn begnadet. —
Doch sagt mir, kennt Ihr wohl den nächsten Weg?
Wir wandeln gerne auf dem rauh'sten Steg;
Es liegt die Stadt noch ziemlich fern',
Und schon erglänzt der Abendstern.

#### Hans Sachs.

Der nächste Weg ist schwer zu finden;
Die Pfade wirr' sich ineinander winden
Und trennen sich, um zu verbinden.

#### Kaiser.

Wär's Euch beschwerlich? —

#### Hans Sachs.

                Ach, mich zieht es fort,
Und rückwärts liegt für mich kein Ort.

#### Kaiser.

Was trieb Euch weg? Seid Ihr ein Edelmann?

#### Hans Sachs.

Mit meiner Hand ich stets mein Brod gewann.
Jetzt suche draußen ich mein Glück
Und kehre nie zur Heimath mehr zurück.

#### Kaiser.

Wie nennt Ihr Euch?

#### Hans Sachs.

#### Hans Sachs.

#### Gefolge.

#### Hans Sachs?

#### Kaiser.

Und kennt Euch Niemand, der Euch schützt?
Verlassenheit ist Schuld des Ungemachs;
Ein braver Freund jedoch im Unglück nützt.

#### Hans Sachs.

Ich hab' mich auf mich selbst gestützt
Und nie nach Gönnern umgesehen.

#### Kaiser.

Wenn Euch was drückt, warum denn nicht
Vertrauensvoll zu Euerm Kaiser gehen?
Zu schirmen ist ja seine Pflicht.
Glaubt Ihr, daß es am Willen ihm gebricht?
Nein, stolz auf solchen Unterthan,
Nimmt er sich gerne Eurer an;
Denn Euer Ruhm drang wohl zu ihm hinan.

#### Hans Sachs.

So Arges ist mir nicht geschehen;
Ihr scheint mich nicht ganz zu verstehen.
Ich habe nur die Noth gespürt,
Die Armuth im Gefolge führt.

#### Kaiser.

Es wäre mir von hohem Werth,
Zu hören, was Hans Sachs beschwert.
            (Zum Gefolge).
Ich stelle Euch den Herren vor;
            (Das Gefolge nimmt die Hüte ab).
Zum Dichter ihn der Herr erkor,
Und wem er solche Gabe leiht,
Der hat gelebt für alle Zeit.
            (Bietet Sachsen die Hand).
Ich biete stolz die Rechte dar,
Kein Händedruck ihr werther war.

#### Hans Sachs.

Ihr fesselt mich so wunderbar,
Daß mir der Zauber selbst nicht klar.

#### Kaiser.

Ich wünschte, daß Ihr mich begleitet.
Dem Edeln gerne man zur Seite schreitet.

###### Hans Sachs.
In Eurer Rede liegt so Viel;
Man fühlt, sie bringt sofort an's Ziel.
Ja Euer Wort scheint eine That.
Euch keiner je entgegentrat!
###### Kaiser.
Auch Ihr Freund solltet nie verzagen.
###### Hans Sachs.
Ich möchte Euch wohl Alles sagen.
In Eurer Stimme liegt Magie,
Und wen sie mahnt, der zaubert nie.
###### Kaiser.
Natur Euch andern Zauber lieh;
Euch folget Lieb und Melodie.
###### Hans Sachs.
Wer wollte Euren Wink nicht ehren?
###### Kaiser.
Entschließt Euch, wieder umzukehren
Und theilt mir Alles treulich mit.
Mein Rath mag Euch vielleicht belehren,
Und nicht bereut Ihr diesen Schritt.
###### Hans Sachs.
Ihr wünscht; ich kann mich nimmer wehren.
Ihr mahnt; so wird ein Satelit,
Der um das größ're Licht sich dreht,
In seinem Dienste auf und niedergeht. (Alle ab.)

#### Martha Schwerdtlein (kommt.)

Die Nacht bricht ein und Sternenschein;
Das wird die letzte Nacht mir sein.
Ach Gott! Zusammen brech' ich schier,
Die wirren Sinne schwinden mir,
Der Tod erreicht mich endlich hier. —
O könnt ich beten
In Todesnöthen
Nur wenig Schritt von meinem Grab,
Wie ich bereinst gebetet hab'!
Weich grauser Frembling doch zurück,
Laß' ab von mir mit deinem Blick!
Gott hast du der Hölle Macht
Die Welt überlassen?
In so schrecklicher Nacht
Allein mich gelassen
Mit des rothen Buhlen Gestalt?
Horch! wie seine Stimme schallt
Von überall aus Nacht und Wald!
Dort und da
Seh' ich ihn nah'
Mir winkend vorübergeh'n,
Nach mir mit Flammenaugen seh'n.
Fort, fort, in Waldesnacht hinein,
Fort über Wurzeln und Gestein!
Tief in dem Dickicht, lautlos, still,
Gehetztes Wild verenden will.

## Fünfte Scene.

Straße. Spät Abend. Pirkheimer und Nunnenbeck.

#### Pirkheimer.
Beruhige dich; wir wollen ruhig sprechen.

#### Nunnenbeck.
O Freund! Es will mir fast das Herz zerbrechen.
Ich liebte wenig in dem ganzen Leben.

#### Pirkheimer.
Es kann sich Alles noch zum Guten geben.

#### Nunnenbeck.
Die Schwester fern, die Eltern nicht gekannt,
In ihr ich Alters Stolz und Stütze fand.

#### Pirkheimer.
Ich will mich an Herrn Gulden wenden.

#### Nunnenbeck.
Was willst du Worte da verschwenden.

#### Pirkheimer.
Der Krebsblut muß das Mädel nehmen.

#### Nunnenbeck.
Ich müßt' mich der Verwandtschaft schämen.

#### Pirkheimer.
Der Junker jung und thöricht thut.

**Nunnenbeck.**

In keinem Stücke ist er gut.

**Pirkheimer.**

Das bessert Alter und ein Weib.

**Nunnenbeck.**

Bei solchen Gecken! o beileib!
Ja könntest du Verstand ihm geben.

**Pirkheimer.**

Den braucht man wenig in dem Leben.
Du wirst mit ihm zufrieden sein,
Wenn Schwesterenkel dich umspielen;
Da wirst du dich schon glücklich fühlen.
Den großen Hansen zieht man klein.

**Nunnenbeck.**

Ich danke für den Zeitvertreib.
Den bessert, glaub' mir, auch kein Weib.

**Pirkheimer.**

Es geht oft leichter als man denkt.

**Nunnenbeck.**

Nein! Er hat mich zu arg gekränkt.
Auch sei's ihm nimmermehr geschenkt,
Daß er Hans Sachsen mir geschmäht,
Einfältig, boshaft, aufgebläht.

**Pirkheimer.**
Die Bosheit sich mit Dummheit paart.
Verzeih den Leuten ihre Art.

**Nunnenbeck.**
Nein, nein! Das Mädel kriegt er nie.
Ich will sie lieber selber nehmen;
Dann muß sich nur mein Alter schämen.

**Pirkheimer.**
Doch sage Freund, was sagt denn sie?

**Nunnenbeck.**
Nicht viel; sie sitzt zu Haus und weint
Und liebt ihn wirklich, wie es scheint.

**Pirkheimer.**
Sie müßte sich ja ewig grämen;
Ein Kind sie unterm Herzen trägt.

**Nunnenbeck.**
Das wird beim Onkel gut gepflegt.

**Pirkheimer.**
Das Alter soll den Zorn bezähmen. —
Auch Röschen würde frei gemacht,
Und Sachsen wieder Hoffnung lacht.

**Nunnenbeck.**
Wo wird der in der Fremde aufgefunden;
Der ist von Nüremberg schon viele Stunden.

### Pirkheimer.

Man kann den Krebsblut bei dem Rath verklagen;
Er hat ihr ja die Eh' versprochen.

### Nunnenbeck.

So was wird alle Tag gebrochen.
Was müssen denn die Leute sagen,
Werf' ich ihm so das Mädel nach?

### Pirkheimer.

Der Kaiser kommt die nächsten Tag;
Ich will ihm selbst den Fall erzählen.

### Nunnenbeck.

Er wird sich morgen schon vermählen.
Bemüh' dich nicht! Ich dank bir sehr,
Es ist zu spät und hilft nichts mehr.
        (Ein Geselle Nunnenbecks kommt gelaufen.)
Wo kommst so spät denn hergelaufen?

### Geselle.

Ach Meister! laßt mich nur verschnaufen.
Hans Sachs ist heim. — Ein großer Zug
Von Edelleuten kam durch's Thor;
Ein Schimmel den vornehmsten trug.
Der neigte zu Hans Sachs das Ohr;
Der hielt am Pferd sich mit der Hand
Und schritt vertraulich nebenher,
Ich weiß nicht, was er ihm gestand.

#### Pirkheimer.
Du bringst uns angenehme Mähr.
Beschreibe, wie er ausgesehen.

#### Geselle.
Er hat ganz lustig ausgesehen.

#### Pirkheimer.
Ich meine, wie er angethan?

#### Geselle.
Seine Sonntagskleider hatt' er an.

#### Pirkheimer.
Der Herr, der auf dem Schimmel ritt!

#### Geselle.
Ja der, den Herr den kenn' ich nit.

#### Pirkheimer.
Geh Bursche lauf und frage mir,
Wo sie genommen das Quartier.

#### Geselle.
Das weiß ich schon, im Scheuerlhaus.
Der Eine schaute da heraus;
Dürer die Straße herunterging,
Den er mit großer Huld empfing.
Sachs lenkte hierher seine Schritt,
Wo er jetzt weilt, begreif' ich nit.

Der Herr hat ihm die Hand gedrückt
Und noch von weitem zugenickt.

### Pirkheimer.
Und sahen's auch schon viele Leut?

### Geselle.
Die Straß' ist still, die sie gewählt;
Auch ist ein Festtagsabend heut!

### Pirkheimer.
Ich will, daß man nicht viel erzählt;
Es bleib' bis morgen unbekannt.
(Geselle ab.)
Was sinnest du halb abgewandt?
Da siehst du Freund, daß Gott noch fügt,
Daß Röschen Sachs und Krebsblut Ricke kriegt.

### Nunnenbeck.
Der Kaiser kann den Junker auch nicht zwingen,
Und Guldens Eigensinn ist dir bekannt.

### Pirkheimer.
Das wird der Kaiser schon zu Stande bringen.
Versäum' nur nicht in früher Stunde morgen
Mit Sachsen in das Scheuerlhaus zu eilen.
Ich geh' voraus; er wird die Wolken theilen,
Für Licht und Pfad und gutes Ende sorgen.

# Fünfter Aufzug.

## Erste Scene.

(Kammer in Nunnenbecks Hause.)

#### Ricke.

Glaubt' nicht, daß ich's erleben könnt'!
Das Herz springt schier, die Wange brennt;
Ich möcht' mich vor der Welt verstecken;
Ein ferner Tritt füllt mich mit Schrecken.
Möcht' steh'n und schrei'n vor Guldens Haus,
Zieht Er mit seiner Braut heraus:
Schuft! Hast mir Lieb' und Treu gelogen,
Hast mich um all mein Glück betrogen,
In's Elend mich hineingezogen.
Ach Gott, im Herzen welch' ein Stich!
Wie drängt es und wie hält es mich!
Seh' Alles rund sich um mich dreh'n —
Die Sinne wollen mir vergeh'n.

#### Nunnenbeck (der bei den letzten Worten eingetreten).
Was ist dir?

#### Ricke.
Gott, ich dachte blos,
Ich trag' sein Kind in meinem Schooß.

#### Nunnenbeck.
Wär' nicht die Schand' für mich zu groß,
Ging' ich zu Gulden, sagt' ihm offen,
Was er von solchem Mann zu hoffen.

#### Ricke.
Glaubt Ihr, es könnte was bedeuten?

#### Nunnenbeck.
Ich schäm' mich Ricke vor den Leuten.
Muß ich in meinen alten Tagen
Noch solche Schmach und Schand' ertragen!
Hätt' ich's geahnt, als deine Mutter starb,
Und ich dich in mein Haus genommen,
Daß ich ihm Ehr' und Ruf verdarb,
Nie wärst du über meine Schwell' gekommen.
An solchen Gecken sich zu hängen!
Sich selbst ihm in den Arm zu drängen!
Von einer alten Kupplerin
Bethört den unerfahr'nen Sinn!
Sag's noch einmal: es ist ein Glück,
Daß er dich ließ allein zurück.

#### Ricke.
Die that's mit ihren falschen Karten;
Sagt', hätten nimmer lang zu warten

Und wären sicher Anvermählte,
Lang, ehe man neun Monat zählte.

### Nunnenbeck.

Mit einer Hexe 'rumzuzieh'n,
Die schon von fern die Menschen flieh'n.
Ich ließ sie aus der Stadt verjagen,
Wie Bettlervolk man weitertreibt.
Ich hätt' ein Wort nur dürfen sagen,
Sie hätten sie hinausgestäubt
Und ihr den dürren Leib zerschlagen,
Der in Gemeinschaft mit dem Bösen,
Mit dem Leibhaft'gen selbst gewesen. —
Was ist bir? Bist ja todtenbleich.

### Ricke.

Mir ist kein Mensch an Jammer gleich!

### Nunnenbeck.

Ja hintennach ist so was leicht zu sagen.
Hab' ich nicht auch an dieser Schand' zu tragen?
Vertuschen soll man's und doch Schritte thun,
Die Sache noch im Guten auszugleichen.
Da ist's ein Glück bei allem Uebel nun,
Wenn Freunde uns die Hände reichen.
Pirkheimer — ja schau mich nur an —
Hat gestern brav sich umgethan.
Hans Sachs — allein was sag' ich bir davon —
Das Alles weißt du lange schon.

Geh' in die Meß' und bis die aus
Bin ich zurück vom Scheuerlhaus. (Ab.)

### Ricke.

Ja, nach der Kirche will ich geh'n,
Zu allen Heil'gen knieend fleh'n,
In solcher Noth uns beizusteh'n. (Ab.)

## Zweite Scene.

(Zimmer in Gulbens Hause. Bekannte. Festlich gekleidete Mädchen stehen um Röschen; sie weint. Gulden schaut ihr zu.)

### Ein Mädchen (mit dem Brautkranz.)

Es blüht der Kranz
In meiner Hand.
Zu schönstem Glanz
Ihn Liebe wand.

### Chor der Mädchen.

Die Locke quoll,
Um einst zu blüh'n.
Die Blume soll
An Bräuten glüh'n.

### Mädchen.

Der Mai versüßt
Der Minne Lust.
Die Rose grüßt
Das Röschen just!

(Man hört auf der Straße Glockengeläute und Festmusik.)

### Chor der Mädchen.
Die Glocke schallt,
Musik ertönt,
Die Locke wallt:
Sei sie gekrönt.

### Röschen.
O Gott! es ist vorbei mit mir!
Die Glocke läutet mir in's Grab.
Das Herz im Leibe bricht mir schier
Vor lauter Qual und Jammer ab.
Wie kann Musik so grausam sein,
Zu jubeln mir in's Herz hinein,
Wie könnt ihr frohe Lieder singen,
Wenn Klagen aus dem Herzen bringen!
Der Kranz in meinen Locken bleicht
Mit meinem Haare heut vielleicht.

(Wirft den Kranz auf den Boden.)

Hinweg mit diesem falschen Trug!
Die kahle Locke ist genug,
Und dieses weiße Todtenkleid
Verkündet Allen laut mein Leid.

### Gulden.
Gebahre dich nicht wie besessen!
Vergiß, was dich schon längst vergessen.

### Röschen (auf den Kranz zeigend.)
Die Freude war das, die ich abgelegt,
Weil fortan Jammer nur mein Herz bewegt.

O Vater, heiß die Musikanten schweigen,
Und lasset still mich vor dem Unglück neigen.

### Gulden.

Ich denk' dich glücklich zu vermählen,
Sie sollen frohe Weisen wählen.
(Fanfare. Krebsblut kommt, fantastisch aufgeputzt, mit einem
großen Blumenstrauß.)

### Krebsblut.

Wie hat sein Liebchen heut geruht?
Gewiß wie ich so wohlgemuth.
Ein prächt'ger Tag, so mild und rein;
Man glaubt im Himmel selbst zu sein.
Nun, nun, recht festlich aufgeputzt!
Mein Röschen mir wohl nimmer trutzt.
Nur fehlt der Kranz noch in dem Haar,
Zu solcher Stund'? mir ist's nicht klar.
Der Schmuck hier an der Erde liegt,
Sich besser in die Locke schmiegt.
(Will ihr den Kranz aufsetzen.)

### Röschen (weist ihn ab).

Die Bahre könnt' ihr mir bekränzen.

### Krebsblut.

Wie paßt dieß Wort zu Spiel und Tänzen?
Wir müssen uns ja vor den Mägblein schämen,
Wenn wir am ersten Tag uns grämen,
Da alle Augen vor Vergnügen glänzen.

Röschen.

Hinweg Ihr, böser Mann!

Gulden.

Was Röschen? willst du
Des Vaters Wille so verhöhnen?

Röschen.

Die Thräne nur, das Leid nicht stillst du
Und mit ihm wirst du niemals mich versöhnen.

Krebsblut.

Es wird sich machen.

Gulden.

Ich befehle dir,
Den Unmuth vor der Welt verhehle mir!
Und kannst du dich nicht freundlich zeigen,
So sollst du doch gehorsam schweigen.
Es ist dein Bestes was ich will.
Gehorche mir und sei jetzt still!

Krebsblut.

Es ist hoch Zeit.

Gulden.

Bekränze dich!
(Röschen bekränzt sich).
Sei heiter Röschen! höre mich! —

So mag es denn zum Feste gehen;
Die Leute auf den Straßen stehen,
Um Röschen und ihr Glück zu sehen.
Musik ertöne!

(Musik beginnt von neuem).

### Mädchen singt.

Daß Freude sich in Freude schlingt.

### Chor der Mädchen.

(Krebsblut singt mit. Der Zug setzt sich in Bewegung).

Das Mädchen drückt
Den Kranz in's Haar
Und geht geschmückt
Zum Traualtar.

### Page (tritt ein).

Herr Gulden eilt in's Scheuerlhaus
Dort Wichtiges zu hören.

### Gulden.

Wir ziehen g'rad zur Kirche aus
Mit muntern Hochzeitchören.

### Page.

Verschiebt das Fest um eine Stunde
Es harrt auf Euch gar wicht'ge Kunde.

### Gulden.

Es sei! Herr Schwiegersohn erlaubt Ihr wohl?

#### Krebsblut.

Gewiß! es ist ein glückliches Symbol,
Wenn hohe Herren nach uns schicken
In solchen frohen Augenblicken.
(Gulden mit dem Pagen ab).
Wir warten unten auf der Schwelle
Daß staunend sich das Volk entgegenstelle.
(Zug bewegt sich hinaus).

## Dritte Scene.

(Die Glocken läuten während dem Scenenwechsel fort. Gothische Halle. Nach hinten offen mit hinabführenden Stufen. Aussicht auf die Stadt Nürnberg. Rechts große Fenster. Links die Thüre zum kaiserlichen Gemach. Vor derselben ein Hellebardier. Pagen stehen an der Treppe und blicken durch die Fenster).

#### Erster Page.

Seht wie geziert der Junker thut,
Wie schwenkt er sonderbar den Hut.

#### Zweiter Page.

Seht wie das Röschen sieht so blaß,
Die Wangen sind vor Weinen naß.

#### Erster Page.

Der Junker hin und her sich dreht
Als wie ein Pfauenmännlein seht.
(Hans Sachs kommt die Stufen herauf mit Nunnenbeck.)

###### Hans Sachs.
Was soll ich hier? das Schlimmste ist begegnet;
Verstummt ist schon der Glocken Klang,
Verstummt Musik, das Paar ist eingesegnet;
Umsonst mein Flehen nach dem Himmel drang.
Vernichtet liegt nun all mein Glück,
Die Fassung kehrt mir nie zurück.
Was hat der Kaiser mich hierherbeschieden?
Er nahm mir gestern meinen Seelenfrieden,
Der sich im Walde über mich ergossen;
Die Wunde hat sich klaffend aufgeschlossen.
(Dürer und Pirkheimer treten aus dem kaiserlichen Gemach.)

###### Nunnenbeck.
Hans tröste dich; es ist noch nicht gescheh'n.

###### Pirkheimer.
Ihr dürft nur da hinunter seh'n.

###### Hans Sachs.
Mein blasses Röschen! Aermstes Kind!

###### Pirkheimer.
Nach Eurem Rickchen schickt geschwind!

###### Dürer (zu Hans Sachs.)
Verzagt nicht, Sachs! die Hilf' ist nah';
Zu Eurem Beistand sind wir da,
Und hohen Schirm Euch Gott ersah.
Oft habt Ihr mich im Leib erbaut,
Mir unbekannt und doch vertraut.

Ich reich' dem Landsmann stolz die Hand;
Umweb' uns bald ein innig Band,
Web' es der kühnste Genius.
Seit Raphaels erhab'nem Gruß
Ward ich von keinem so erfreut,
Als den jetzt Eure Hand mir beut.
Möcht Ihr in Herzensfreudigkeit
Vor unserm edlen Kaiser steh'n.
Ich aber will zu Röschen geh'n,
Daß sie den Muth nicht soll verlieren
Und sie zu uns herüberführen.
(Dürer die Treppe hinab. Pirkheimer, Hans Sachs und Nunnenbeck gehen in das kaiserliche Gemach.)

**Hellebardier** (wie Hans Sachs an ihm vorübergeht)

Da braucht Er keine Angst zu haben;
Ganz and're Ding' sich schon begaben.
Das haben wir schon oft gerichtet,
Ganz and're Händel flugs geschlichtet, —
Und mit ganz andern Leuten;
Das will nicht viel bedeuten.
Ach Gott, was da nicht vor sich geht,
Wenn man jahraus jahrein
An solcher Thüre steht,
Wo Bürger und Grafen gehen ein.
Sagt' oft, sie sollten nicht so ängstlich sein;
Der Kaiser sei ein guter Mann,
Was unser einer doch wissen kann.

Was wir auch schon für Leute fanden:
Da drunten in den Niederlanden
Und gar da droben in der Schweiz
Da hatten wir das rechte Kreuz;
In Mantua und Padua,
Und wie die Nester alle heißen
Auf unsern vielen Fahrten und Reisen,
Und als wir waren in Burgund,
Stund ich zu mancher ernsten Stund,
Wie ich jetzt steh und wache da,
Vor seinem Zelt.
Und Leib und Geld
Und Alles war mir anvertraut.
Sie hätten uns gern oft ein Gift gebraut;
Doch sind wir den Schlingen stets entgangen.
Wir ließen uns noch niemals fangen.
Drum spricht der Kaiser, sieht er mich hier:
Sag' alter Freund, wie geht es dir?
Doch unverschämt ist dieses populus,
Wie ich mit unser'm Kanzler sagen muß,
Macht uns den ganzen Tag Verdruß.
Hat keine Vernunft und Raison,
Geht nur auf Schelten und Droh'n.
Drum wär's mir lieber, ließ er nicht
So viel auf einmal zu sich ein.
Es ist doch meine strengste Pflicht,
Recht accurat und scharf zu sein.
(Der Page kommt mit Gulden; der Page geht in den Saal.)

#### Gulden.

Der Junker ist ja närrisch heut!
Es lachen drunten alle Leut.
Ich hab' mich müssen eben schämen;
Es tadelt Alles sein Benehmen.
Was wird der Kaiser von ihm denken,
Wenn er uns wird die Ehre schenken,
Wie er schon öfter Theil genommen,
Wo man gejubelt und gespielt.
Als Bärbchen Muffel Hochzeit hielt,
Ist er zum Schmause hingekommen.
Und wenn er heute bei mir speist,
Was er mir dann für Ehr' erweist,
Und was er sagt, das hören heut'
In Nüremberg noch alle Leut'.

#### Ein Page.

Ein Zeichen macht Herr Krebseblut
Und gibt den Takt mit Strauß und Hut.

#### Gulden.

Muß einer denn an solchen Tagen
Sich gar so wunderlich betragen?
Er macht die Musikanten toll;
Mir sind schon beide Ohren voll.

(Kaiser Maximilian mit Gefolge, Pirkheimer, Hans Sachs, Nunnenbeck treten aus dem Saale; der Hellebardier salutirt lärmend)

#### Kaiser.
Ihr nennt Euch Gulden?
#### Gulden.
     Also ist es, Majestät.
#### Kaiser.
Ich hab' Euch herbeschieden, Meister Gulden.
#### Gulden.
Zu Dank für kaiserliche Hulden.
#### Kaiser.
Ein wahres Glück kommt nie zu spät —
Mir ist ein seltsam Amt vertraut:
Der Mann, den ihr an meiner Seite schaut,
Hans Sachs, der sicher Euch bekannt,
Der weit berühmt im deutschen Land,
Für diesen werb' ich um die Hand
Von Röschen, Eurem Töchterlein.
#### Gulden.
Was soll ich sagen, Majestät?
Mit Junker Krebsblut, reich und fein
Sogleich sie sich vermählen thät.
#### Kaiser.
Sprecht Nunnenbeck.
#### Nunnenbeck.
    Ich sag' Euch nur,
Daß er gebrochen Eid und Schwur.
An Nickchen, meinem Schwesterkind
Bewiesen hat, wie er gesinnt.

Daß er ihr Lieb' und Treu' geheuchelt,
Mit falscher Hoffnung ihr geschmeichelt
Und sie in Jammer jetzt und Pein
Gelassen hat, verachtet und allein.
### Gulden.
Da hat Euch ja der Junker schwer gekränkt?
### Nunnenbeck.
Ja Gulden, mehr als Ihr es denkt.
### Gulden.
Die Zeitung, Nunnenbeck, hat groß Gewicht;
Da kriegt der Krebsblut meine Tochter nicht.
### Hellebardier.
Ständ' ich im Dienst gerade nit,
Ich theilte meine Ansicht mit.
### Kaiser.
Und um Euch wiederum zu fragen,
Was habt ihr gegen Sachs zu sagen?
Nur Ehre brächt' es Eurem Haus,
Ziert Ihr's mit solchem Namen aus.
Zudem ist es das Mägdlein werth,
Daß man auch ihren Willen ehrt;
Ihr sollt sie nicht der Wahl berauben.
### Gulden.
Ach, kaiserliche Majestät erlauben —
Ich gönnt' ihm meine Tochter sehr,
Wenn er nicht just ein Schuster wär'.

#### Kaiser.
Ich denke Gulden, Schusterblut
Ist wie ein anderes, so gut.
#### Gulden.
Herr Kaiser, Ihr thut mich beschämen!
#### Kaiser.
Auch liebt ihn Eure Tochter treu.
#### Gulden.
Das, Majestät, ist mir nicht neu.
#### Kaiser.
Sehr soll sich Röschen um ihn grämen.
#### Gulden.
Ja, viel hat sie um ihn geweint.
#### Kaiser.
So gebt es zu! sie sei'n vereint!
#### Gulden.
Ja Majestät — er soll sie nehmen!
(Reicht Sachsen die Hand.)
(Musik kommt näher, man hört Mädchen singen.)
#### Chor der Mädchen.
Der Mai versüßt
Der Minne Lust,
Die Rose grüßt
Ihr Röschen just.

(Röschen erscheint von Dürer geführt, Pirkheimer geht ihr entgegen. Der ganze Hochzeitszug kommt nach, darunter Krebsblut, verwirrt und ernst. Gesellen und junge Maler stellen sich zwischen ihn und Röschen. Der Kaiser ergreift Röschens Hand, führt sie zu Sachs und vereinigt sie.)

### Röschen.
Ist es ein Traum?

### Kaiser.
Wenn so wie hier
Des Landes höchster Stolz und schönste Zier
In Lieb' und Eintracht sich zusammenfinden,
So ist's des Kaisers Pflicht sie zu verbinden.

### Nunnenbeck (zu Röschen).
So findet Treue ihren Lohn.

### Gulden.
Ich nenne stolz Euch meinen Sohn!

### Hans Sachs (auf's Knie sinkend).
Gebrochen bin ich; Licht und Nacht
Umdämmern mir den Blick.
Herr! Eure hohe Herrschermacht
Ist aller Menschen Glück.
Die alten Wunden gehen zu,
Nach langen Stürmen find' ich Ruh'.

### Kaiser (erhebt ihn).
Seit gestern ist ein heller Stern
An meinem Himmel aufgegangen.

### Gulden.
Was ich verwehrt, seh' ich nun gern
Und freu' mich, daß es so gegangen.

### Ein Edelmann.
Der Junker dort ist todtenbleich.

#### Krebsblut (niedersinkend).

Ach Majestät erbarmet Euch
Ich kann noch immer nicht versteh'n
Was ich gehöret und geseh'n.
Mir war das Röschen ja versprochen;
Hat Gulden mir sein Wort gebrochen?

(Ricke kommt die Treppe herauf).

#### Ricke.

Ganz wirr bin ich und aufgelöst,
Als wenn man mich zum Richtsaal stößt.
Aus dunkelm Kirchenstuhle,
Darin ich weinend lag,
Trieb man die gelästerte Buhle
Hervor in hellen Tag.

(Nunnenbeck erfaßt sie bei der Hand).

#### Gulden.

Herr Rath, ich hab' von Euch gehört,
Daß Ihr dies Mägdlein habt bethört.
Ich will nicht, daß mein liebes Kind
Im Hause fremde Kinder find't.

#### Kaiser.

Ich kann den Eigennutz nicht loben,
Der Euch, Herr Junker, trieb an's Thor.
D'rum rath' ich Euch, sprecht weiter oben
In einem Hause wieder vor.
Schon wird das arme Kind verachtet;
Ich wünsche, daß Ihr gut es machtet.

Wenn Euch der Mann, den Ihr gekränkt,
Das Mädchen noch zu geben denkt.

### Nunnenbeck.

Herr Junker, wenn sie Euch noch mag,
Heirathet sie an diesem Tag.

### Krebsblut.

Wenn sie das Herz mir wieder schenkt —

### Ricke (ihn bei der Hand fassend).

Wie ich nach solchem Leid und Weh'
Mich wieder froh und glücklich seh'.
Vergessen will ich alle Qual
Und danken Gott viel tausendmal!

### Kaiser.

Mit meinem Glückwunsch ziehet hin,
Wo höh'rer Segen wird verlieh'n.
Dann lad ich mich zum Hochzeitsschmauß
Zu Gast in Euer fröhlich Haus.

(Der Zug setzt sich in Bewegung. Musik ertönt).

### Chor der Mädchen.

Das Mädchen drückt
Den Kranz in's Haar
Und geht geschmückt
Zum Traualtar.

**Druckfehler.**

| Seite 21 letzte Zeile lies | Ihn | statt | ihn. |
| " 60 " " " | Wirbelrad | " | Winkelrad. |
| " 81 " " " | Guldens | " | Gulden. |
| " 93 vorletzte " " | umschließt | " | umfließt. |
| " 96 fünfte " v. u. lies | Wipfel | " | Wipfeln. |
| " 120 dritte " v. o. " | Künste | " | kühnste. |